COBALT-SERIES

魔法令嬢ともふもふの美少年

江本マシメサ

集英社

魔法令嬢と もふもふの美少年

Contents

魔法令嬢と
もふもふの美少年

登場人物紹介

マリー

ウィルリントン公爵家の令嬢。十八歳。
都会では禁忌とされる魔法を愛しているが、
公爵令嬢としてひた隠しにしている。

リヒカル

ウルフスタン伯爵家当主レナルドの、年下の叔父。十七歳。
ほとんどの時間を狼の姿で過ごし、新月の晩にのみ人の姿をとることができる。

レナルド

ウルフスタン伯爵家当主。十九歳。
恥ずかしがり屋であるがゆえに、
無愛想に見られてしまう。
メレディスと結婚し、夫婦円満。

イラスト／カスカベアキラ

魔法令嬢ともふもふの美少年

プロローグ　早暁に吠える狼

――どうしてこうなった!!


少年はたいそう焦っていた。

呪文が描かれた廊下《ろうか》を、闊歩《かっぽ》している。

一歩踏み出すたびに床が光り、足元が明るくなった。これは住人の接近を、魔力で読み取って照らしてくれる。壁も明るくなり、薄暗い廊下を照らしていた。

この屋敷は魔法仕掛けで、掃除《そうじ》をせずとも美しさを保ち、扉に近づけば自動で開く。他にも、生活を送るために便利な機能がいくつも備わっている。

そんな屋敷に住むのは、銀を青い炎で溶かして作ったような灰色《かいしょく》の髪に、宵闇《よいやみ》を映した漆黒《しっこく》の目を持つ美貌《びぼう》の少年であった。

その美しさは、彼の亡き兄の言葉を借りれば――妖精もひれ伏す、奇跡の容貌《ようぼう》。

肌は陶器《とうき》のようになめらか。黒瑪瑙《オニキス》の瞳を縁取《ふちど》る睫毛《まつげ》は長く、くるりと上を向いていた。手足はすらりと長く、細すぎず、太すぎず、均斉のとれた体つきをしている。

彼の一番の魅力は、十七歳という若さからかもしだす色気だろう。

その色香は、彼の亡き兄の言葉を借りれば――朝露を含んだ、薔薇女王《ロサ・ダマスケナ》の如く。

しっとり濡れた薔薇は、妖しく香る。今が、花盛りなのだ。

そんな絶世の美少年の名は、リヒカル・ウルフスタン。

狼精霊の伝承が残るアルザスセス。そんな土地の領主の叔父《おじ》として、年上の甥《おい》を助ける立場にあった。

今宵《こよい》のリヒカルは焦燥《しょうそう》感を覚え、表情を歪ませながら早足で廊下を進んでいる。

彼には、果たさなければならないことがあった。

毎日コツコツと進めていたら、今頃達成できていたのかもしれない。

しかしながら、普段はまったくやる気が起きずに、放置されていたのだ。

リヒカルの性格は、白と黒の駒《こま》があるリバーシのように、くるくると変わる。それには、理由があった。

「ああ、リヒカル。そこにいたのか」

急ぐ彼に声をかけてきたのは、二つ年上の甥レナルド。漆黒の髪に、青藍色《サファイア》の双眸《そうぼう》を持つ、長身で見目麗《みめうるわ》しい青年だ。

「レナルド、何？」

急いでいるので言葉尻が刺々《とげとげ》しくなる。レナルドは気にする様子もなく、言葉を続けていた。

「いや、せっかく今宵は人の姿なのだから、メレディスと三人で食事でもと思って」

メレディスというのは、レナルドの妻である。一ヵ月前に結婚したばかりで、新婚ほやほやだった。

「別に、夫婦水入らずで食べたらいいじゃん」

「いや、私は、リヒカルとも一緒に過ごしたいと思っていて」

「そういう気遣い、いらないから」

リヒカルが苛立《いらだ》っている理由の一つに、レナルドが結婚したということもある。

甥の結婚は心から祝福していた。レナルドとメレディスは、お似合いの夫婦だと思っている。

気に食わないのは、レナルドの態度だ。結婚後も、今まで同様にリヒカルを構いたがる。

結婚したら、妻であるメレディスと過ごす時間を優先すべきなのだ。

だから、こうしてたびたび声をかけてくることに、イラついてしまう。

「僕は忙しいんだ。新月の晩は、放っておいてくれ」

「リヒカル……」

レナルドは雨の日に捨てられた子犬のような表情を浮かべている。ツキンと心が痛んだが、気にしている暇はない。

前を立ち塞《ふさ》ぐように立っていたレナルドの胸を押し退け、リヒカルは足早に歩き始める。

――早く、ここから出て行かなければ。

そのためには、魔法の力がどうしても必要だった。

秋薔薇《あきそうび》が咲き乱れる庭の中心に、広場がある。そこに、リヒカルは魔法陣を描いた。

手に持つのは、蜂蜜《はちみつ》を含ませた白墨《チョーク》。蜂蜜には、魔力が豊富に含まれている。

大きな円を描き、呪文を書き込んでいった。

それから、魔法に必要な道具を魔法陣の上に並べる。

新月の湖水に、ウサギの尻尾《しっぽ》、ヤドリギの蔓《つる》に、聖木の黒炭。これで、準備は完了。

あとは、呪文を唱えるだけ。

息を大きく吸い込んだ瞬間、ブドウ畑の地平線にうっすらと橙色《だいだいいろ》が差し込む。

夜明けが訪れようとしていた。

その刹那《せつな》、リヒカルは膝からくずおれる。全身の骨が軋《きし》み、立っていられなくなったのだ。

「――ッはあ、ああああ！」

額に大粒の汗が浮かび、頭を抱えるのと同時に頬《ほお》を伝う。それは汗なのか、涙なのか、リヒカルにもわからない。

全身が痛み、上半身を起こすことさえ不可能となる。倒れ込んだリヒカルは、膝を曲げてのたうち回った。

「はあ、はあ、はあ、はあ……ううっ！」

まず、頭部から耳が生える。続いて、全身灰色の毛に覆《おお》われた。体を丸めていると、それと同じくらいの大きさに手足が縮んでいく。

皮膚《ひふ》を裂き、骨は無理矢理へし折られ、頭上からガンガンと金槌《かなづち》で殴《なぐ》られているような痛みが、リヒカルを襲う。

瞬く間に、リヒカルは全長一メートルほどの犬の姿となった。

今日も、魔法を完成させることはできなかった。

同時に、魔法なんてどうでもいいと思ってしまう。

しかし、心の中には、人の姿をしていたリヒカルの悔《くや》しさが残っていた。

その感情のすべてを、叫んで吐きだす。

『ワオオオ～～～～ン！』

◇◇◇

国の西部に位置する領地、アルザスセス。

国内有数のワインの生産地であり、ブドウ畑に囲まれた村の様子は美しい。

土地を領するのは、ウルフスタン伯爵家である。

現在、当主を務めるのは、レナルド・ウルフスタンという十九歳の青年だ。そんな年若い領主を支えるのは、リヒカル・ウルフスタンという十七歳の少年である。

彼は病弱で、領民の前には滅多《めった》に顔を出さない。代わりに、彼と同じリヒカルの名を持つ犬が、領民の前に姿を現す。人懐っこい犬で、領民から愛されていた。

ウルフスタン家の当主レナルドは、一ヵ月前に結婚をした。結婚相手は、新興貴族の娘メレディスだ。彼女は『薬草令嬢』と呼ばれていた個性ある娘であったが、アルザスセスの土地を気に入り、さらにレナルドと相思相愛の関係になって婚姻を結ぶ。

幸せいっぱいのウルフスタン家には、生涯《しょうがい》を共にする伴侶《はんりょ》以外に言えない大きな秘密があった。

それは――月夜の晩に狼の姿になってしまうこと。

なぜ、狼の姿となってしまうのか。原因は、魔力の結晶体である月だ。

月明かりは、地上へ魔力を降り注ぐ。

狼精霊の血を引くウルフスタン家の男は、月光を浴びると狼の姿になってしまうのだ。

これは先祖返りであると、言われている。

その中でも、リヒカルは特別だった。

普段より高い魔力を持つ彼は、新月の晩以外は狼の姿でい続ける。

そのため、月に一度人間の姿となった際、やることが山積みで常にイライラカリカリしている。普段のリヒカルは陽気だが、新月の晩は人が変わったようになってしまうのだ。

人の姿と狼の姿の二面性は見た目だけではなく、内面にも影響を及ぼす。これはリヒカルだけではない。甥のレナルドも同様である。

レナルドは、狼の姿の時は饒舌《じょうぜつ》で紳士的だが、人の姿になると無口で恥ずかしがり屋となる。

ウルフスタン家の男達は、異なる二つの姿に苦しむことが多々あった。


翌朝――食堂に顔を出したリヒカルは、一番にレナルドへ謝罪した。

『レナルド、昨日はごめんね～。怒った？』

「いや、慣れている」

昨晩、人の姿に戻ったリヒカルは、レナルドからの食事の誘いを無下《むげ》に断った。なぜ、そんなことをしてしまったのか、狼の姿となった今では理解不能である。

幸い、レナルドはリヒカルの新月の晩での癇癪《かんしゃく》に慣れているようだ。内心ホッとする。

『レナルドの誘い以上に、大事なことなんてないのにね～』

「まったくだ」

今度は、レナルドの近くに座るメレディスへ声をかける。アプリコット色の髪に、優しげな緑の双眸を持つ可憐《かれん》な女性だ。

『メレディスさんも、ごめんね。せっかく誘ってくれたのに』

「いえ、機会はこの先もあると思うので」

『そうだね。次の新月こそ、一緒に食事をしよう』

「はい、楽しみにしています」

昨晩、リヒカルは魔法を発動させるために躍起《やっき》になっていた。

「リヒカル、昨晩は何をしていたんだ？」

『人の姿を維持できる魔法？』

「父上の研究を、引っ張り出したのか？」

『そうなんだけど……』

レナルドの父であり、リヒカルの兄でもあるジルベール・ウルフスタンは、長年、リヒカルが人の姿で生活を送れるよう魔法の研究をしていた。

数年前、妻と共に事故で亡くなるまで、熱心に取り組んでいたらしい。

『いや、別に人の姿なんて維持しなくてもいいんだけどね』

新月の晩、リヒカルは今すぐにでも人の姿を維持できる魔法を使いこなさねばと思った。その理由を、狼の姿になったリヒカルは思い出せない。

『狼の姿は楽だよ。みんな、僕のこと大好きだし』

「大した自信だな」

『だって、事実じゃん』

リヒカルはどこに行っても、可愛《かわい》がってもらえる。結婚前のメレディスにも、遊んだりブラッシングをしてもらったりとたくさん構ってもらったのだ。

『最近は、メレディスさんってば僕をよしよししてくれなくなったけれど』

「あ、あれは、リヒカル様が叔父様《おじさま》だと知らなかったからできたのですよ」

『つまんないなあ……』

リヒカルをただの犬だと思っていたメレディスは、真実を知った時それはそれは驚いていた。しかし、彼女はその後、リヒカルを一人の人間として接するようになった。

もう、ボール遊びをしてくれることはないし、頭を撫《な》でることもしてくれない。

『それにしても、新月の僕はいったい何を考えていたんだか。人間生活なんて、退屈なだけなのに。狼の姿のまま暮らすほうが、百倍楽しいよ』

リヒカルのぼやきに、レナルドは苦笑を浮かべている。

『レナルド、君もそう思うだろう？』

「いや、私は――人の姿ではないと、メレディスを抱きしめられないから」

『ゲッ、朝から惚気《のろけ》る？』

軽口を叩きながらも、レナルドの言葉はリヒカルの胸に突き刺さる。

狼の姿のままでは、結婚もできない。

そもそも、月に一度しか人の姿になれない男と結婚する物好きなんているわけがない。

結婚なんて、意識するだけ無駄なのだ。

リヒカルは、そう思っている。

「それで、昨晩話をしようと思っていた件があって」

『ん、何？』

「メレディスの友人、マリー・アシュレー・ウィルリントン嬢が、その、なんだ。アルザスセスで花嫁修業をしたいと言っているのだが」

『また、愛犬役をしなきゃってこと？』

「頼めるだろうか？」

申し訳なさそうに頼むレナルドに、リヒカルは快活に返した。

『いいよ！』

こうして、ウルフスタン家は新たな令嬢を迎えることになる。

第一章　魔法令嬢マリーの華麗なる社交術

――どうしてこうなったのか⁉

少女は金の髪をかき乱し、頭を抱え込む。

強《し》いて言うとしたら、責任は自分にある。しかし、こんな結末など、予想していなかった。

数ヶ月前の己の発言を、後悔《こうかい》することになる。

それは、遡《さかのぼ》ること七ヶ月前の話であった。

◇◇◇

公爵令嬢マリー・アシュレー・ウィルリントンは今年で十八歳になる、誰もが振り返るような花盛りの少女だ。

金の髪は絹の如く輝き、翠玉《エメラルド》の瞳は明るく煌《きら》めいている。

きめ細かな肌に、整った目鼻立ち、みずみずしい果実のような唇と、美人の条件をことごとく兼ね備えている。

　吊り上がった猫のような目は気が強そうに見えるものの、性格は極めて温厚。札儀《れいぎ》正しく、慎《つつ》ましい女性なのだ。

　社交界では、マリーのことを欠点がない完璧《かんぺき》な令嬢だと囁《ささや》かれている。

　二年前には第三王子アークロードから見初《みそ》められ、婚約関係となっていた。

　未来の妃殿下として、申し分ない女性であると、もっぱらの評判だ。

　娘の噂話《うわさばなし》を聞いた公爵夫妻は鼻高々と思いきや、戦々恐々としていた。

　なぜかと言ったら――。

「いいか、マリー。お前の趣味が世間にバレたりしたら、世間からどんな目で見られるのか、わからないのだからな」

　いつもの小言《こごと》をウィルリントン公爵より受けるマリーは、ソーサーに載ったカップを優雅に摘《つ》まみ上げ、計算され尽くした角度に首を傾けながら言葉を返す。

「お父様、わかっているわ。私の趣味のことは、絶対にバレないようにするから」

「本当に、わかっているのか……?」

「私の素敵な噂話は、お父様もご存じでしょう?」

「ああ、もちろんだ。耳に胼胝《たこ》ができるほど、聞いているよ」

　周囲の期待が高まっているからこそ恐ろしい。それに、完璧であるからこそ、反感も買っているだろうとウィルリントン公爵は娘に指摘する。

「ああ、恐ろしいわ。負の感情からは、悪いものしか生まれないというのに」

「私は、マリー、お前が恐ろしいよ」

「あら、お父様ったら。失礼ね」

「結婚したら、趣味はほどほどにするんだぞ」

「ええ、もちろん」

と、返事をしたものの、それは難しいかもしれない。

人に言えないマリーの秘密、それは——魔法だった。

アークロード王子と結婚したら、王家が所蔵する魔法書を閲覧《えつらん》する権利が生じる。

王家の所有する魔法書は、ウィルリントン公爵家の貯蔵量を遥《はる》かに超えているのだ。

毎日魔法書を読むことができるなんて、最高の結婚生活だ。

マリーは口元に弧を浮かべ、にっこりと完璧な微笑《ほほえ》みを浮かべる。ウィルリントン公爵はそれに対し、ため息を返したのだった。

本日の小言は終わり、自由の身となったマリーは、私室の絵画の縁にある隠しスイッチを押した。すると、絵画の位置は移動し、地下へ繋《つな》がる階段が出てくる。

マリーは魔石灯を点し、軽やかな足取りで階段を下った。

階段の突き当たりにある地下部屋が、マリーの研究室だ。ここで、彼女はこっそり魔法の研究をしている。

現代において、魔法使いと呼ばれる存在は希少だった。というのも、千年前に起こった魔導戦争で、魔法使いと魔法の技術はほとんど失われてしまった。

当時の魔法使いは、生きた人を媒体《ばいたい》として魔法を使ったり、大魔法で大量虐殺《ぎゃくさつ》を行ったりと、自由奔放《ほんぽう》、暴虐《ぼうぎゃく》の限りを尽くした。

魔法使い達が覇権《はけん》を握る暗黒時代が、確かにあったのだ。

そのため、魔法を使うとおかしくなってしまう。それが、一般的な印象であった。

ウィルリントン公爵家は現代に残る魔法使いの古い家系で、魔法の才能は血の中に色濃く残っている。しかし、魔導戦争以来、ウィルリントン公爵家は魔法の力を使うことを封じていた。

今、マリーが研究室として使っている地下部屋に魔法書や魔道具などを集め、誰も寄り付かないようにしていた。先代公爵の時代までは。

禁忌《きんき》とされている魔法の技術を復活させたのは、マリーではない。

マリーの父であるウィルリントン公爵だった。

母親を亡くし、意気消沈していた子ども達を喜ばせるため魔法に手を出したのだ。

父の使う奇跡を目《ま》の当たりにしたマリーは、魔法の美しくも儚《はかな》い世界にのめり込んでしまう。

二人の兄と姉は成長するにつれて魔法への興味は失っていった。しかし、マリーは違った。

年々、魔法への興味は深まっている。

それを、ウィルリントン公爵はよしとしなかった。魔法よりもすべきことがあるだろうと、指摘されてしまう。

——このままでは、魔法を取り上げられてしまう。

そこでマリーは、趣味に関して文句を言われないように、普段から完璧な令嬢であることを心がけていた。

すべては、趣味である魔法を楽しむため。マリーは絶え間ない努力を続けていた。

貴族の付き合いでは、縁故《コネクション》を広げ、ドレスの流行などの情報交換を行い、噂を聞いて人間関係を把握《はあく》しておかなければならない。

それらをすべて把握することによって、茶会が盛り上がったり、晩餐会《ばんさんかい》でいい関係を作ったりするのだ。ただ、それに全精力を注いでいたら、魔法を研究する時間がなくなる。

そのため、マリーはサロン『エメラルドの瞳』を作った。

『エメラルドの瞳』というのは、年齢、身分を問わず、社交界に出入りするエメラルドの瞳を持つ者を集めたサロンだ。

そこで、マリーはドレスの流行から人間関係の噂話を聞きだし、手っ取り早く情報を把握することに成功していた。

その結果、誰も疑うことなく、マリーを完璧な令嬢だと信じ込ませていたのだ。

十八歳の誕生日を迎えたあとは、急ピッチで結婚するための準備が進められた。

ドレスの採寸に、宝飾品選び、招待状の作成など。目が回るような毎日だった。

そんな中でも、マリーは魔法の研究を止めなかった。寝る間を惜しんで、深夜まで魔法書の解読を行っていた。

しかし、無理が祟《たた》ってマリーの体に悪影響が出る。

「マ、マリーお嬢様、お背中にニキビが……」

「な、なんですって!?」

つい先日、徹夜で魔法の研究を行っていたことが悪かったのだろう。マリーの白い肌に、ぷっくりと腫《は》れた赤い吹き出物ができていたようだ。

「今すぐ、お医者様をお呼びして」

「ちょっと待って。お医者様を呼んだら、お父様にニキビのことがバレてしまうわ」

「で、ですが」

「自分でどうにかするから、あなたは黙っていて」

「は、はい、かしこまりました」

父親には完璧な令嬢を演じてみせると言った手前、弱みを見せたくなかった。

結婚式は三ヵ月後まで迫っていた。侍女《じじょ》は花嫁のベールで隠れるから大丈夫だと言っていたが、いつ、どこで風が吹いて吹き出物を見られてしまうかわからない。

結婚式までに、自分の力でどうにかするしかなかった。

マリーは暇を見つけては地下部屋へと移動し、吹き出物に効く魔法薬を調べる。

「誰にでもできる、簡単な魔法霊薬の作り方……リンゼイ・アイスコレッタ著、これだわ！」

一冊の古い魔法書を本棚《ほんだな》から抜き取り、その場で読み始める。

「美肌クリーム。一瞬にして、炎症《せん》を抑え、綺麗《きれい》な肌に。これね」

作り方は簡単だった。薬草を煎じ、熱した蜜蠟《みつろう》と混ぜるだけ。しかし、一点だけ問題があった。

「えっと、材料はハルキ草、世界樹の葉、シールの蔓《つる》……」

読み上げる声が、だんだんしぼんでしまう。

材料となる薬草類はすべて入手困難か、絶滅危惧《きぐ》種となっていた。作ることは不可能である。

マリーは膝からくずおれ、絶望した。

「あの、マリーお嬢様、そろそろお時間です」

「ええ、わかっていてよ」

本日は年に一度開催される、国王陛下主催の夜会だった。ドレスは、背中が出ない物を選んでもらった。とりあえず、バレることはない。

社交界の付き合いよりも、背中のニキビを治す魔法薬について調べたかった。だが、今宵《こよい》ばかりはそうもいかない。

婚約者であり第三王子でもあるアークロードと、ダンスを踊らなければならないのだ。それに、『エメラルドの瞳』の集まりもある。情報収集は欠かさずに。それが、マリーのモットーであった。

　マリーはしぶしぶと、夜会会場へと向かうことになる。

　夜会が行われる会場は、国王の絶対的な権力を示すために造られた豪華絢爛《ごうかけんらん》な宮殿である。金に糸目を付けげず、他の追従を許さないほどの建物が完成したのは二世紀前だったか。宮殿の威光と輝きは、今も色褪《いろあ》せずに残っている。

　維持費で現国王が頭を痛めているという話をアークロードから聞いた時、マリーは思わず笑ってしまった。

　ただ、結婚後はそれも他人事《ひとごと》ではなくなるだろう。女性は政治に参加できないが、贅沢《ぜいたく》を望まなければ、その分予算は別のほうへと流れるだろう。

　マリーは華やかなドレスも、美しい宝飾品も必要としない。彼女が望むのは一つだけ。王族が所有する、魔法についての資料だった。

「マリー！」

　声をかけられ、ハッと我に返る。夜会の場でぼんやりと考え事をするなど、ありえないことだ。マリーはすぐさま、完璧な公爵令嬢の仮面を被《かぶ》る。

　声をかけてきたのは、婚約者であり第三王子であるアークロードだった。

「ごきげんよう、アークロード様。半月ぶりですね。お会いしとうございました」

「私もだよ、マリー」

アークロード・リンツ・カーロード・ヘムテンブルク。第三王子にして、宮中伯の称号を持つ。年齢はマリーの三つ年上の二十一歳。整った容姿をしているが、金の瞳の奥には野心が滲《にじ》んでいる。赤銅《しゃくどう》色の髪を三つ編みにして胸の前から垂らし、堂々たる姿はどこに行っても目立つ。誰もが羨《うらや》む麗《うるわ》しの婚約相手だ。

ただ、マリーはアークロードに恋をしていなかった。アークロードもそうだろう。

この結婚は政治的な意味合いが強い。

アークロードは宰相《さいしょう》をする王太子と、騎士隊の隊長を務める第二王子に比べて大きな後ろ盾はない。そのため、マリーの実家であるウィルリントン公爵家を利用し、確固たる政治的な地位を確立させようとしている。

マリー自身、それを理解した上で、こうしてアークロードの隣を歩いているのだ。

「さあ、行こう」

「ええ」

差し出された手に、指先をそっと重ねる。

舞踏室《ボール・ルーム》で、ダンスを踊らなければならない。マリーは幸せに満ち溢《あふ》れた者の仮面を被る。似合いに見えるカップルを、会場にいた誰もが祝福してくれているような気がした。

役目を果たしたマリーは、アークロードの隣に立って参加者との会話を無難にこなす。ある程度時間が経つと、解放された。

マリーの振る舞いに満足しているのか、別れる際にアークロードは何も言わなかった。

最後に向けられた視線に、笑顔で応える。

父親に見せたい場面であった。マリーは、アークロードの確固たる信頼を得ているのだと。

マリーの仕事はこれで終わりではない。今度は、会場の一室を借りて行われる、『エメラルドの瞳』の集会へ向かわなければならない。

真っ先に到着し、菓子、茶、ナプキンなど、不備がないか確認する。

「あら？」

花瓶《かびん》に差された薔薇の花が、八分咲きだった。薔薇は、満開が一番美しい。マリーはそう思っている。

マリーは周囲に誰もいないことを確認すると、薔薇の花に手を翳《かざ》して呪文を唱えた。

――煌めきよ《ソーレ・グライッツェン》、照り輝け！

マリーの手のひらに光が集まり、それを受けた薔薇の花はみるみる開いて行く。見事、満開にさせることに成功。薔薇は盛りとなり、よりいっそう美しく見えた。

これで完璧だ。マリーは満足げに頷《うなず》き、参加者がやって来るのを待ち構える。

本日の集まりも、いつもと変わらないメンバーが集まった。

「昨日、すごく素敵な方を見つけましたの。黒髪で、青い瞳の」

「わたくしも見ましたわ。憂《うれ》いに満ちた青い瞳から目が離せなくて」

「その御方、アルザスセスのウルフスタン伯爵ではなくって？」

話題の中心にあるのは、夜会に参加している男性の話だ。どうやら、会場の視線を独占した美貌《びぼう》の伯爵がいたようだが、誰とも踊ることなく姿を消してしまったらしい。

マリーの興味ある話ではないが、一応、何か役に立つかもしれない。そう思って、熱心な振りを装《よそお》いながら話を聞く。

それから流行《はや》りのドレスに、宝石商が入荷した一級品の宝石、話題の舞台など、令嬢達の話はころころと変わっていく。マリーは逃すことなく聞き入れていた。

今宵も情報は満足に入手できた。明日の茶会の話題も、次に仕立てるドレスの構想も固まる。ただ、不満なこともある。それは、マリーが興味あることは欠片《かけら》もなかったということ。

周囲の令嬢は、判で押したように似たような服装に髪型をしている。

社交界では、皆と同じような服装をして、同じような話題で盛り上がることがよしとされている。しかし、それだけでは退屈だと、マリーは思ってしまった。

そんな中で、珍しい参加者が現れる。

彼女が入ってきた瞬間、シンと静まり返った。やって来たのは、アプリコット色の髪を持つ、絵本に出てくる天使のような可憐《かれん》な令嬢。マリーは彼女を知っていた。

「あら、メレディスさんじゃない。お久しぶりね」

メレディス・ラトランド。多大な資産を有する子爵家の令嬢で、礼儀《れいぎ》正しく大人しい少女だ。彼女が『エメラルドの瞳』に参加したのは、確か半年以上も前だ。あまり、社交場に顔を出さないので、こうして顔を合わせることは滅多《めった》にない。

メレディスはどこか浮世離れした雰囲気《ふんいき》があり、他の令嬢とは違うように思っていた。

マリーは以前から、メレディスに興味があった。隣に座るように手招くと、戸惑いの表情のまま従う。そんな彼女に、ブルネットの髪を持つ気の強そうな令嬢の一人が話しかける。

「薬草令嬢のメレディスさんは、薬草を作って、地下の実験室に引きこもっているのよね？」

地下部屋に引きこもっているという話を聞いた瞬間、マリーはメレディスに親近感を抱く。

趣味を隠すことなく公表し、好きなように生きている。それは、マリーがいくら望んでも、絶対にできないことだった。

「メレディスさん、あなた、薬草を育てているの？」

つい、食いつくように聞いてしまった。メレディスは委縮《いしゅく》したように、肩を落としながら頷く。なんでも、メレディスは薬草に詳しく、薬や化粧品《けしょうひん》などを作っているらしい。夢中になるあまり、社交界の付き合いも疎《おろそ》かにしているのだとか。そのため、『薬草令嬢』と呼ばれているのだと。

薬を自作していると聞いて、マリーはメレディスの手を掴《つか》み、背中の吹き出物について相談してみた。すると、カモミールの薬効で治せるかもしれないと教えてくれる。さらに、軟膏《なんこう》を作ってマリーに分けてくれると言うのだ。

メレディスは見た目だけでなく、中身も天使のような少女だった。今日の出会いに、心から感謝する。

「そういえば、メレディスさんは何をしにここに?」

楽しくお喋《しゃべ》りをしに来たようには見えない。メレディスの表情は、何か必死さが浮かんでいたのだ。そんなマリーの読みは、的中した。彼女は先ほど噂《うわさ》になっていた、アルザスセスの美しき伯爵を探しにきていたようだ。

「今日は、誰も見かけていないそうよ」

「さようでございましたか」

参加者名簿を調べたら、会場にいるか否《いな》かはすぐにわかる。吹き出物の治療についておしえてくれた礼に、アルザスセスの伯爵を探そうかと提案したが、メレディスは首を横に振る。自分の力で探したいようだ。

メレディスを見送ったあと、皆に趣味の話を聞く。

ある令嬢はピアノ、その隣の令嬢はレース編み、そのまた隣の令嬢は観劇。

どれも、貴族令嬢の嗜《たしな》みである。

「マリーさんのご趣味ってなんでしたっけ?」

その問いかけに、マリーは笑顔で答えた。

「こうして、みなさんと集まってサロンを開くことよ」

そう答えると、皆が笑顔になる。

本当のことなんて、言えやしない。墓場まで持って行かなければならないことだろう。

だからこそ、メレディスのことを羨ましく思った。

第三王子の妻となるマリーは、自由に生きることを許されていない。

マリーはマリーに課せられた社会的責任を、まっとうしなければならないのだ。

◇◇◇

翌日の夕方に、マリー宛《あて》に荷物が届いた。送り主は、メレディス・ラトランド。

彼女は昨晩交わした約束を守り、吹き出物に効くカモミールの軟膏を送ってくれたようだ。

軟膏は肌との相性があるため、皮膚貼布試験《パッチテスト》を行うように書かれていた。

試しに、手の甲に塗ってみる。ほのかな甘い香りが、鼻腔《びこう》をかすめた。特に刺激は感じない。

数時間異状が現れなかったら、使っても問題ないだろう。

すぐさま、メレディスに礼状を書き、やって来た侍女《じじょ》に託す。

「お手紙は、ラトランド子爵家にお届けするように手配します」

「お願いね」

「それから、旦那様《だんなさま》がお呼びです」

「ええ、わかったわ」

どうせ、夜会での成果を聞きたいのだろう。マリーはため息を一つ落とし、父親の部屋に向かった。

「──それで、夜会はどうだったか？」

「つつがなく終えることができたわ」

簡潔にそう答えると、ウィルリントン公爵は眉間《みけん》に皺《しわ》を寄せてこめかみを揉《も》み始める。

「お父様、何か？」

「何かじゃない。お前は、年若い娘らしさというものが、欠如している」

「娘らしさって？」

「リリエールは夜会の感想を聞いたら、いつでも頬《ほお》を染め、楽しそうに出来事を語っていたぞ」

「リリエールお姉さまは、童話の中の住人ですもの。比べられても困るわ」

マリーの三つ年上の姉リリエールは、おっとりしていていつもにこにこしていた。そんな姉を、マリーは物語の主人公のように素直でまっすぐな人だと思っていた。

「まったく……嫁《とつ》ぎ先が決まったからよかったものの、私はお前が心配だ」

「私が、心配ですって？　今まで、上手《うま》くやってきたのに？」

「人は完璧《かんぺき》ではない。自分を偽っていたら、いつかボロが出てしまう」

「そんなことないわ。私は、いつだって完璧だったもの」

　ウィルリントン公爵はマリーの言葉に返事をせず、茶器の載った盆を持ったままの侍女に茶の準備をするよう命じる。

　カップに紅茶が注がれ、ふわりと湯気が漂った。

「マリー。お前は、王族との結婚には向いていないかもしれない」

「どうして？」

「王族になるための、社会的義務と責任を、お前は分かっていない」

「わかっているわ。上手くやってみせるんだから」

「それだから、無理だと言っているのだ。それに、お前の目的は、殿下との結婚ではなく、王家が所蔵する魔法書だろう？」

「――!?」

　その言葉には、何も返せない。マリーは唇を噛《か》みしめ、俯《うつむ》いた。

「もう、結婚は三ヵ月後に迫っている。今更、婚約解消なんてできない。マリー、お前にできることは、王族の務めが何か考え、趣味の魔法を封印することだ」

「魔法を……手放せというの？」

「そうだ。王族になるお前には、必要ないものだ」

　ウィルリントン公爵に断言され、マリーは足元にあった大理石の床が抜けて落ちるような感覚に陥《おちい》る。加えて目の前がぐらりと歪み、血の気がスーッと引いていく。

それほど、衝撃的な言葉だった。

今まで、魔法を禁じられたことはなかった。ウィルリントン公爵もまた、マリー同様に魔法を愛する人だったからだ。

「結婚が近づくにつれて、自分から決別するかと思っていたが、その様子を見ることができなかったから、こうして物申してしまった。そもそも、お前に魔法を見せた私が間違いであったよ。ここまでのめり込むとは、まったくの想定外だったから」

それに、返す言葉は一つも思いつかなかった。


この日をきっかけに、マリーの地下部屋は封じられてしまった。出入り口は蠟《ろう》で固められ、入れないようになっている。

せめてと懇願《こんがん》し、ウィルリントン公爵家に伝わる水晶杖《クリスタル・ロッド》だけは手元に置いておくことを許してもらった。水晶の美しい杖《つえ》は、マリーの宝物なのだ。

アンティークの飾りとして、魔法使いの杖は貴族の間でも親しまれている。そのため、許してもらえた。

結婚式の準備も佳境《かきよう》となり、慌ただしい日々が続く。結婚したら、連日の公務で結婚式の準備よりも忙しい毎日を過ごすことになると、アークロードより届けられた手紙に書かれていた。

どちらにせよ、王族と結婚をしたら魔法の研究なんてしている暇はないようだ。

仕方がないことだと、マリーは何度も自らに言い聞かせる。

魔法と切り離された生活の中でのマリーの癒《いや》しは、メレディスとの文通だった。背中の吹き出物は見事完治し、今は綺麗《きれい》になっている。感謝してもしきれなかった。

彼女は今、アルザスセスに花嫁修業に行っているようで、楽しく暮らしているようだった。

自分らしさを貫き、王都での華やかな暮らしよりも、自然豊かなアルザスセスを選んだメレディスを羨《うらや》ましく思う。

精霊の伝承が残るアルザスセスの土地であれば、魔法を受け入れてくれるだろうか？　そんなことをチラリと考えたが、すぐに頭《かぶり》を振って打ち消す。

絶対に、ありえないことだ。

マリーはマリーの務めを果たさなければならない。それが、貴族女性に課せられた義務だ。

魔法のことは忘れて、これからは王族の一員となるために勉強をしなければ。

今宵《こよい》のマリーは魔法書ではなく、法律の解説書を開いて夜を明かす。

夫となるアークロード王子の相談に乗れるように、豊かな教養が必要となるのだ。

◇◇◇

そうこうしているうちに、結婚式当日となった。

侍女達はマリーを囲み、目に涙を浮かべている。この日のために用意された婚礼衣装は、本当に素晴らしいものだ。

「マリーお嬢様、お綺麗です」

絹の生地に、金の刺繍《ししゅう》で花模様が刺されている。胸元とベールのレースは職人が半年以上かけて編んだものだ。ドレスの長い引き裾《トレーン》にも豪奢《ごうしゃ》な薔薇模様が銀糸であしらわれ、四人がかりで運ばなければならないほど長い。花の中心には玉飾《ビジュー》が縫《ぬ》い付けられていて、動く度《たび》にキラキラと輝く。

誰もがため息を落とす美しいドレスだったが、花嫁にとってはかなりの重さがあって動くだけでも一苦労。まったく優しくない一着だ。

婚礼衣装の上から、さらに全身を覆《おお》う外套《がいとう》を纏《まと》った。ますます、服は重量を増す。

重たい体を一歩、一歩と進めて馬車に乗り込み、王室礼拝堂の近くにある離宮を目指す。

白亜《はくあ》の礼拝堂は青空に映えてとても美しい。穏やかな秋の風が、花嫁のベールを優しく撫《な》でる。空を飛ぶ白い鳩も、今日という日を祝福しているように思えた。

だが、マリーは驚くほど冷静で、胸のときめきの類《たぐい》はまったく感じていない。

結婚とはこういうものなのか。

魔法書ばかりではなく、恋愛小説の一冊や二冊でも読んでおけばよかったと今さらながら後《こう》悔《かい》していた。

侍女の導きで離宮に用意された休憩所に向かい、長椅子《ながいす》に座った途端息を吐きだす。

「もうすぐで、アークロード殿下がいらっしゃるそうです」

「そう。あなた達は、下がっていて結構よ」

侍女達は一礼し、部屋からいなくなる。

マリーは本棚《ほんだな》があることを目ざとく発見し、重たい体を引きずりながら移動する。

何か幸せな花嫁の本でもないかと、指先で撫でながら題名を目で追っていた。

歴史書に観光案内、冒険小説に詩集。さまざまな種類の本が雑多に並べられている。

ふいに、金のインクで題名が書かれた本が目に付く。

書かれてある文字を見て、我が目を疑った。背表紙には、『彗星魔法の秘密』とある。

これは、間違いなく魔法書だ。どうしてこんな物が貴賓《きひん》用の客間にあるのか。

本棚から引き抜いた瞬間に扉が叩かれ、アークロード王子が入ってくる。彼もまた、純白の婚礼衣装姿だった。いつも以上に貴公子然としていたが、その表情は皮肉気に歪んでいた。

「ふん、花嫁よ。やはり、見つけるのは早かったな」

「アークロード様、どういうことですの？」

「他人《ひと》から聞いたに決まっているだろう。この結婚は、魔法が趣味であるお前の、王家が持つ魔法書目的だってことを」

「!?」

いったい誰から聞いたのか。マリーは返す言葉もなく、手にしていた魔法書をぎゅっと抱きしめた。

「そういう目的で近づかれたら困る。魔法は、禁忌《きんき》だ。それに、今の時代にまったく必要ない」

アークロード王子の言う通り。現代に魔法の力はまったく必要がない。

しかし、マリーにとってはどうしようもなく惹《ひ》かれるもので、大切なものでもあった。

ただ、言えることはある。

「魔法は、お父様に禁じられて、ここ最近は触れておりません」

「だったら、お前の胸の中にあるそれは?」

「こ、これは、魔法書が客間にあったので、信じられずに手にとったままで」

「彗星魔法。それは、世界を滅ぼしかねない、危険な禁忌中の禁忌だ。お前はそれに触れてしまった」

おそらく、アークロード王子は魔法書目当ての結婚だと聞き、怒っているのだろう。

「マリー・アシュレー・ウィルリントン。お前に、魔法を与えよう」

「え?」

「王家には、魔法使いがいる。表沙汰《おもてざた》にはなっていないが。彼ならば、お前から、魔法を忘れさせることができる」

「魔法を、忘れる？」

「そうだ。お前は、魔法の魅力に惑わされているのだ。それは、よくない」

魔法のことは諦めてこの場にやって来たが、無理矢理忘れさせられるのは嫌だった。

これから先、思い出として大事にしようと思っていたのだ。それを失えば、社交界での完璧《かんぺき》なマリーも消えてしまう。

魔法という趣味があったからこそ、マリーは品行方正なふるまいができたのだ。

マリーは魔法書を本棚に戻し、引き裾《トレーン》を外してドレスの裾を掴《つか》む。ベールをアークロード王子に投げつけて逃げようとしたが、すぐさま捕まってしまった。

「残念だな。そんなに愚かな女性だとは、思っていなかった」

「私も、あなたがそんな小さなことで怒るなんて、思ってもいませんでした」

「小さなこと？」

「ええ。私にとっての魔法は、ささやかな趣味の一つです」

それは、蠟燭《ろうそく》に小さな火を点したり、花を咲かせたり、カップの中の水を浮かせたり。生活の範囲にある、小さな魔法を楽しむだけだったのだ。それを、アークロード王子は否定した。

「バカな」

もう、無理だと思った。分かち合えることはないと。

「マリー・アシュレー・ウィルリントン。お前とは結婚はできない」

「私も、そう思います」

今この瞬間に、婚約は破棄《はき》された。


どうしてこうなったのかと頭を抱えたが、もう遅い。

マリーにとって魔法とは、かけがえのない宝物のようなものだったのだ。

◇◇◇

婚約破棄を言い渡されたマリーには、父親であるウィルリントン公爵より半年の謹慎《きんしん》に二ヵ月の慈善《じぜん》活動が言い渡された。マリーも、それを受け入れる。もちろん、魔法に触れるのは禁止だ。

謹慎期間中は、孤児院へ寄付する品物を作っていた。ドレスを解いてぬいぐるみや鞄《かばん》、服などを作成する。

文通を続けていたメレディスから、薬草の匂い袋《サシエ》、薬草染めの手巾《ハンカチ》、薬草の虫よけなどの作り方を習う。どれも、公爵家の庭にある薬草を採取して作成できるのだ。

メレディスに習った品物をせっせと作り、謹慎期間を過ごした。

謹慎期間が明けると、孤児院に泊まり込みで働くこととなった。

最初は何もできなかった。

無理もない。着替えから茶くみ、風呂の世話まで、何もかも侍女《じじょ》にやらせていたのだ。

服の着方すらわからないマリーに、周囲は一つ一つ優しく教えてくれた。

茶の淹れ方や、料理の補助、掃除《そうじ》と、さまざまなことを学ぶ。荒れた手先には、メレディスから貰ったカモミールの軟膏《なんこう》を塗り込んだ。

マリーにとって、孤児院は未知の世界だった。

日々修道女の服に身を包み、子ども達の世話をする。

孤児院の子ども達は親と生き別れ、恵まれない環境の中で暮らしていた。

服は何人もの子どもが使いまわし、すり切れていた。食事は、野菜の切れ端が入った薄いスープに口の中を切りそうなほど硬いパンのみ。

文字を書けない、読めないどころか、名前の綴《つづ》りすら知らないという子どもが大半である。

一人一人、教養を身に着ける予算はない。職員が教える時間もなかった。

孤児院の職員は一日中走り回って働いていた。だから、自分の名前すら書けない子どもがほとんどだ。

マリーは毎夜、涙を流す。自分は何も知らず、不自由のない環境で育ち、あろうことか貴族女性としての役割を放棄した。自分勝手で最低最悪だと、恥ずかしくなった。

今、マリーにできることは、精一杯子ども達を愛すること。一日、一日、大切に思いながら過ごした。

二ヵ月の慈善活動を終えると、父親より呼び出される。

マリーは、今から言い渡されることを覚悟していた。それを、受け入れるつもりだった。

――きっと、修道院に送られるのだろう。

しかし、父親の口から言い渡されたことは、想定外のものであった。

「ウルフスタン家より、文が届いていた」

「え？」

メレディスからの手紙は、きちんとマリーのもとへ転送されていた。どうして父親のほうへと届けられてしまったのか。それは、次の一言で明らかになる。

「当主であるウルフスタン伯爵より、誘いがあってな」

「ウルフスタン伯爵……メレディスさんのご主人よね？」

「そうだ。お前を地方の修道院に預ける話をしたら、ぜひともアルザスセスのほうへ来てほしいと熱望していて」

「アルザスセス……!?」

それは、メレディスが嫁いだ土地で、王都から遠く離れた田舎《いなか》だ。

「お前はウルフスタン家で、使用人として働け」

「そ、それは？」

「命令だ」

突然の話に戸惑う。マリーは修道院に送られるものだと思い込んでいたのだ。

「もう、お前のことは知らん。そこで自由に暮らせばいい」

「お父様？」

「縁を切る」

これも覚悟していたが、いざ目《ま》の当たりにするとショックを受けてしまう。

しかし、マリーはそれだけのことをしてしまったのだ。受け入れる他ない。

ただ、メレディスの家で働かせるということは、最後に示してくれた愛かもしれない。マリーは、父親に感謝した。

部屋に戻ると、鞄が用意されていた。開いて中を確認すると、仕着せや日用品などが詰められている。ドレスや宝飾品といった贅沢《ぜいたく》品は一つもない。

長年傍付きをしていた侍女が、水晶杖《クリスタル・ロッド》を持ってきてマリーに手渡した。

「これは？」

「お嬢様唯一の財産なので、持って行くようにと」

「そう」

これも父親がマリーの情状を考慮《こうりょ》してくれたのだろう。ありがたく、受け取った。

人の目があるので、杖《つえ》は大判の布に包んで持って行くことにした。

アルザスセス行きの馬車が用意され、マリーは乗り込む。最後の挨拶《あいさつ》をする間もなかった。

「さようなら」

窓から見えるウィルリントン公爵家の屋敷に、そう呟《つぶや》いた。

馬車は走り出す。メレディスが待つ、アルザスセスの地へと——。

第二章　ようこそ、アルザスセスへ！

馬車には、メレディスからの手紙があった。夕方届いたようだ。書かれていたのは、突然のことで驚いたかもしれないが、ウルフスタン伯爵家の者達は皆歓迎しているということ。ウルフスタン家の屋敷には、メレディスとその夫レナルド、他に愛犬リヒカル、それから使用人一家が四人住み込みで働いているようだ。

四人でどうやって屋敷を回しているのか。疑問に思えてならない。

それよりも、マリーが気になるのは、愛犬リヒカルの存在だ。

マリーは幼少期、一メートルほどの犬に追いかけられたことがあった。それ以来、苦手としている。散歩中の、紐に繋《つな》がった犬ですら怖いのだ。

アルザスセスは森に囲まれた場所にあるというので、猟犬なのか。そうであれば、金網《かなあみ》の中で飼育されているだろう。しかし、メレディスの手紙には、愛犬と書かれている。もしかしたら、室内で飼われているかもしれない。

もしも、家の中で遭遇《そうぐう》してしまったら、その場で失神してしまう自信がある。

大丈夫だろうかと、先行きが不安になった。

王都からアルザスセスまで馬車で三日。遠出をしたことがない箱入り令嬢だったマリーには、大変な旅路だった。整えられていないガタガタの道に、陽が差し込まない暗い森を通り抜け、狼の遠吠えが聞こえる道を通り過ぎる。

ありえないことの連続だったものの、持ち前の活力《バイタリティー》で乗り切った。

深い森の先に広がっていたのは――美しいブドウ畑だった。今が収穫期のようで、籠《かご》を持ってブドウの房をハサミで切っている様子が見られる。

初めて見る豊かな自然に、マリーは目を奪われる。そこから、のどかな光景が続いていた。柵《さく》で囲まれた放牧地のような場所には、羊や山羊《やぎ》がのんびりと草を食《は》んでいる。村では子どもたちが駆け回り、楽しそうに遊んでいた。

少し離れた丘では、風車が回っている。夏に収穫した小麦を挽《ひ》いているのだろう。

王都の景色とはまるで違っていて、ゆっくりと時間が過ぎているように思える。

「……ここが、アルザスセス」

狼精霊の伝承が残る土地だと聞いている。

それは、むかしむかしの話だった。

村人の娘が、森の中で脚を怪我《けが》した狼を見つけた。豪胆《ごうたん》な娘で、普通の狼ではないと思ったのか、怖がらずに脚に回復魔法を施《ほどこ》したらしい。

狼は娘を襲わず、そのまま森へと帰って行った。

その後、村が魔物に襲われる。娘にも魔物の牙が届こうとしたその時、一頭の狼がやって来て助けてくれたのだ。狼は精霊で、ただの狼ではなかった。

狼の精霊は村を襲った魔物をすべて倒し、村人より崇《あが》められる。

最後に、狼の精霊は娘を妻として娶《めと》り、村を守護し続けた。

その村が、ここアルザスセスなのだ。

ということは、ウルフスタン家の者は狼精霊の血を引くことになる。そう考えて、いやいやありえないと、マリーは首を振って否定した。

伝承は古《いにしえ》の時代から伝わる童話めいたものだろう。

ただ、この地の者はかつて、魔法を使っていたという記録がある。何か古い祭壇《さいだん》や遺跡でも残っているのではないかと、心をときめかせていた。

やっとのことで、ウルフスタン伯爵家にたどり着く。

外門に近づくと、守衛の姿などないのに勝手に門が開いた。即座に、マリーは魔法仕掛けであると気づく。

いったいどのような術式なのか。窓に張り付いて呪文を見ようとしたが、馬車はマリーの好奇心に応えるわけもなく通り過ぎてしまった。

やはり、この地には魔法が当たり前のように残っているのだ。マリーの胸はドキドキと高鳴る。

背後は森と湖、小高い丘にそびえる邸宅は、童話に出てきそうな煉瓦《れんが》造り。

庭も広いが、きちんと手入れがなされていた。この規模の邸宅を、どうやって四人の使用人で回しているのか、想像もつかない。

鞄と布に包まれた水晶杖《クリスタル・ロッド》を持って馬車から降り、ウルフスタン伯爵家の玄関前に立つ。すると、ここでも扉が自動で開いた。

今度は、扉に刻まれていた呪文に気づく。近づいて見ようとしたら、背後より声をかけられた。

「マリー・アシュレー・ウィルリントン様でしょうか？」

振り返ると、礼服に身を包んだ赤毛の中年男性の姿があった。物腰の柔らかさから、使用人であることがわかる。

「わたくしめは、ウルフスタン家の家令の、ハワード・ジーンと申します」

「はじめまして。私はウィルリントン公爵家の、マリー・アシュレーよ」

と、いつもの調子で挨拶をしてしまった。勘当《かんどう》されたので、もう公爵令嬢ではない。

そんなことを考えていたら、マリーの手から鞄と水晶杖がなくなる。いつの間にか、左右に同じ顔の男女が立っていた。

「ああ、あなた達は……？」

「あ、すみません。わたくしめの息子と娘で――」

一人は、父親と同じく赤毛の青年。従僕のイワン。もう一人も、赤毛だが女性だ。名前はキャロルで、メレディスの侍女《じじょ》をしている。二人共容姿端麗《ようしたんれい》で、鏡合わせのようにそっくり。美しい双子の姉弟《きょうだい》だ。

マリーの荷物を先に運んでくれるという。

「ありがとう」

その言葉に、イワンとキャロルはコクリと頷《うなず》くだけだった。どうやら、姉弟揃《そろ》って無口のようだ。

「マリーお嬢様、旦那様《だんなさま》と奥様がお待ちです。客間までご案内します」

「ええ、お願い」

家令ハワードの先導で、廊下《ろうか》を歩く。ウルフスタン伯爵邸は、中も立派だった。

ふかふかの絨毯《じゅうたん》はブラシが入ったように整っており、大きな窓は手垢《てあか》一つない。白亜《はくあ》の壁は染みなんてなかったが――呪文は刻まれていた。

「こ、これは……！」

「お客様は皆驚かれるのですが、このウルフスタン伯爵邸は魔法仕掛けなのです」

「ま、魔法……仕掛け！」

なんでも、住人が心地よく暮らせるような魔法がかかっており、埃《ほこり》や塵《ちり》は発生しないし、暖《だん》炉《ろ》の火なども必要ならば魔法の力で点される。

「だから、使用人が四人でもやっていけると」

「ええ、そうなのですよ」

疑問は瞬く間に氷解《ひょうかい》した。

「たまに、不気味だとおっしゃる方もいらっしゃるのですが」

「不気味じゃないわ、ぜんぜん！」

むしろ、素敵だ。なんて言葉は呑《の》み込んだ。がっつきすぎると、マリーのほうが不気味だと思われそうだったからだ。

しかし、少々前のめり気味の返答をしてしまった。マリーは気にしていたが、ハワードはにっこり微笑《ほほえ》みながら優しい言葉を返してくれる。

「そうですか？　よかったです」

そんな話をしているうちに、客間へとたどり着く。

「旦那様と奥様はすでにお待ちですので」

「ええ」

メレディスと会うのは十ヶ月ぶりだ。夫レナルドとは初対面である。夜会で話題を独占した美貌《びぼう》とは、どれほどのものか。

　ドキドキしながら扉に近づくと、自動で開いた。

「マリーさん！」

　扉が開いた途端、メレディスが立ち上がる。マリーは駆け寄って、メレディスの手を摑《つか》んだ。

「メレディスさん、ずっと、会いたかったの！」

「わ、わたくしもです」

　結婚式の招待状は受け取っていたのだが、孤児院での慈善《じぜん》活動の期間中だったので参加することができなかったのだ。

　メレディスとの友情は、文《ふみ》を通して築いたものだ。彼女の励《はげ》ましに、マリーがどれだけ勇気づけられたか。言葉にできず、涙が溢《あふ》れてくる。

　手と手を取り合い、互いに目を潤ませていた。知り合ってそこまで期間が経っているわけではないが、どうしてか古い友人に再会したような心の安らぎを感じていたのだ。

　ゴッホン！　という咳払《せきばら》いを聞いて、メレディスの隣に立つ夫レナルドの存在に気づく。

「あら、やだ。私ったら」

　スカートを摘《つ》まみ、淑女《しゅくじょ》の礼をしながら自己紹介する。

「申し遅れましたわ。わたくし、ウィルリントン公爵家のマリー・アシュレーと申します」

「ウルフスタン伯爵、レナルドだ」

「お会いできて光栄です」

ここで初めて、レナルドを見る。

すらりと高い背に、艶《つや》やかな黒髪、切れ長の目に通った鼻筋。話題になるのも頷ける、整った顔立ちをした男性だった。おそらく、美貌の王子と名高いマリーの元婚約者の隣に立っても、劣らないだろう。

「私の顔に、何か？」

「いいえ、なんでも。失礼いたしました」

黒い双眸《そうぼう》には、気難しさが滲《にじ》んでいるように見えた。メレディスは苦労していないか、心配になる。

「腰かけてくれ」

「ええ」

長椅子《ながいす》に座ると、侍女キャロルが紅茶を淹《い》れてくれる。シュガーポットを開いた瞬間、拳大《こぶしだい》の白いふわふわがテーブルに上がってきたのでぎょっとした。

「きゃっ！」

マリーが軽い悲鳴を上げた途端、メレディスはふわふわを手に取る。

「あ、モコモコさん……」

「も、もこもこさん？」

「マリーさんには、モコモコさんが見えるのですね」

よくよく見てみたら、白いふわふわには目と口があった。メレディスの手に包まれたふわふわは、『キュイ』と小さな声で鳴いていた。

「ごめんなさい、驚かせて。こちらは、妖精のモコモコさんです。エリア・アポ・クシュルーという妖精族なのですが」

「エリア・アポ・クシュルーって、貴婦人のドレス妖精？」

「ええ、そうです。モコモコさんは、魔法の力でドレスに変化することができるのですよ。マリーさんは、ご存知なのですね！」

「え、ええ、まあ」

昔本で読んだと、誤魔化《ごまか》しておく。実際に見知ったのは魔法書であったが、本であることに変わりはない。

妖精は甘いものが大好物で、角砂糖をもらうためにテーブルの上に飛び乗ったようだった。

メレディスは角砂糖を手に取り、妖精に与える。すると、目を細めつつ嬉しそうに食べていた。なんとも童話チックな光景である。

「モコモコさん、角砂糖は美味《おい》しいですか？」

『キュイ！』

ぼんやりと眺めていると、レナルドが立ち上がり、「あとは若い二人で」なんて言って客間からいなくなる。

「あ――」

引き留めようとした時には、扉が閉まったあとだった。

「お招きいただいたお礼を、まだ言っていないのに」

「ごめんなさい。レナルド様は、少々人見知りをするのです」

「そ、そうなのね」

無口で冷たい印象だったが、そうではないらしい。初対面の相手に、照れているだけだと。

「そんな風には見えなかったけれど」

「わたくしも、最初は戸惑いました。避けられているのかなとも」

「よく、結婚できたわね」

「幸い、わたくし達には、仲人《なこうど》がいましたから」

「そうだったの」

「今度、ゆっくりお話ししますね」

「ええ。楽しみにしているわ」

ここで、本題へと移る。

「マリーさん、ここに来るまで、大変だったでしょう？」

「狼の遠吠えを聞いた時はゾッとしたけれど、それ以外は案外楽しんでいたわ」

「よかったです。ここは、王都と違って社交場はありませんし、見渡す限り森で、その、静かなところですが」

「私は気に入ったわ」

「ほ、本当ですか？」

「ええ」

「よかった……！」

これといった娯楽《ごらく》はなく、静か過ぎるアルザスセスを気に入るか、メレディスは心配していたようだ。

「この、魔法仕掛けのお屋敷も、驚きませんでした？」

「え？　ええ――」

驚いた。驚いたけれど、それ以上にワクワクした。いったいどういう魔法がかけられているのか、興味がある。しかし、その感覚は普通の貴族令嬢が持ち合わせているものではない。

なんと言っていいものか、言葉に詰まってしまう。

「マリーさん、いかがなさいました？」

「あ、えっと……」

メレディスに本当のことを言っていいのか。

受け入れてくれるか怖い。もしも拒絶されてしまったらどうしよう。そんな思いが渦巻《うずま》く。

「魔法が、怖いですか？」

　メレディスの問いに、胸がドクンと高鳴った。怖いのは魔法ではない。魔法を愛する、自分自身の想いだ。

　このままではよくない。メレディスに、隠し事をしたくもなかった。マリーはありったけの勇気をかき集め、告白することにした。

「メレディスさん、あの、見てもらいたいものがあるの」

「はい？」

　緊張が、メレディスにも移ったようだ。マリーは部屋に運んだ水晶杖《クリスタル・ロッド》を見てもらうことにした。

「こちらが、マリーさんのお部屋です」

「ええ、ありがとう」

　マリーの部屋は二階の中央に用意されていた。居室には花柄の壁紙に薄紅のカーテン、白いテーブルと長椅子、本棚《ほんだな》と家具は白で統一されていて可愛《かわい》らしい。

　隣が寝室で、庭が一望できる露台《バルコニー》がある。一通り、メレディスと内装を見て回った。

　居室に戻ると、侍女のキャロルが紅茶を持ってきてくれたようだ。クッキーなどの、菓子も添えられている。

　鞄《かばん》と水晶杖は円卓の上に置かれていた。マリーは布に包まれた身の丈ほどの杖を手に取り、メレディスを見る。

「メレディスさん、これが何か、わかる？」

「えっと、なんでしょう？」

『キュイ？』

メレディスの膝の上に乗った妖精モコモコが何かを答える。

「ふふ……」

メレディスは口元に手を当て、笑いだす。

「なんとおっしゃったの？」

「モコモコさんは、巨大なキャンディではないかと予想しているようで」

「ご、ごめんなさい。キャンディではないの」

妖精モコモコの期待を裏切らないように、すぐに布は取り外す。

はらりと落ちた布の下にある杖を見たメレディスは、ほうとため息をついた。

「綺麗《きれい》……ですね」

「ありがとう。これは、唯一の宝物なの」

貴族はアンティークの杖を蒐集《しゅうしゅう》するという話を思い出す。観賞用だと思われないために、きちんと説明をしなければならない。

「これは、私の杖で…………魔法を発動させる時に、使うのだけれど」

「魔法、ですか？」

「そう。私は、魔法使い…………なの」

メレディスは両手で口元を塞《ふさ》ぎ、瞳は驚きで見開かれる。膝の上のモコモコも、毛を逆立たせた上に目をまんまるにしていた。

「素敵です！」

「え？」

「魔法が使えるなんて、すごいことです！」

「す、すごい？」

「はい！　わたくし、少女時代から魔法に憧れていて」

月光にクッキーを翳《かざ》したり、紅茶に月を映して飲もうとしたりと、絵本で読んださまざまな魔法を試していたらしい。

「でも、一回も使えたことなんてなくて」

「そう、だったの」

「はい。ですから、魔法が使えるマリーさんはすごいなと」

「魔法が使える私を、恐ろしいと、思わない？」

「なぜですか？」

「だって、現代の魔法は、禁忌《きんき》とされているものが多いし」

「わたくしも、絵本で読んだ魔法の真似事《まねごと》をして、父に怒られたことは一度や二度ではありませんでした。王都ではそういう考えの人も多いのかもしれません」

メレディスは好奇心に勝つことができず、魔法ごっこを続けていたらしい。

「今も、自作したクッキーを月明かりに翳すことは止められなくって」

「付与魔法《エンチャント》ね」

「はい。レナルド様も、そのようにおっしゃっていました」

月にクッキーを翳すことによって、魔力が付与される。昔の魔法使いは、そのクッキーを食べて消費した魔力を補給していたのだ。

「でも、大した魔法は使えないの。カップの中の紅茶を浮かせたり、蠟燭《ろうそく》に小さな火を点したり」

「紅茶を浮かせる……ですか？」

「ええ、見てみる？」

話をしている間に、紅茶は冷えてしまった。しかし、魔法を使うには、ちょうどいいだろう。

マリーは水晶杖《クリスタル・ロッド》を握りしめ、呪文を唱える。

——水よ、浮け《アクア・ヴィオラーレ》！

紅茶のカップが僅《わず》かに揺れて、一口大の玉となって紅茶が浮いた。ふよふよと漂ってきた紅茶を、マリーはぱくんと食べた。

口に含むと魔法は解け、ただの紅茶となる。ごくんと飲み込んだあと、メレディスを見た。

「これだけの、魔法なの」

メレディスが返事をするよりも早く、妖精モコモコが反応を示した。

『キュイ、キュイ！』

「メレディスさん、モコモコさんはなんとおっしゃっているの？」

「自分も飲みたいと、訴えているようです」

「お安い御用よ」

『キュイ、キュイ』

「ありがとうございます、とおっしゃっています」

「そう」

メレディスはマリーの隣に座り、妖精モコモコと共に魔法の発動を待つ。

マリーは再度、魔法で紅茶を浮かせる。さすれば、妖精モコモコは飛び上がって宙に浮いた紅茶を飲んだ。

『キュイ〜〜！』

「美味《おい》しかったようです」

「そう、よかった」

メレディスはにこにこしながら、マリーを見ている。

「これだったら、夜のレナルド様も紅茶が飲めますね」

「夜のレナルド様って？」

いったいどういう意味なのか。問いかけると、メレディスは焦るような表情で口元を手で隠す。

「あ、いえ、その……」

『キュイ、キュイキュイ！』

「え？」

「あ、あの、はい、モコモコさんの言う通りです」

「なんて言ったの？」

「え〜っと、レナルド様は、その、執務で手が離せなくなるので、この魔法があったら、便利だな、と」

「ああ、そういうことなの。確かに、仕事中、忙しい時はいいかもしれないわ」

このような魔法の使い方など、思いつきもしなかった。

「だったら、夜の紅茶は私が淹《い》れるわ」

「!?」

メレディスは大きな瞳をさらに見開く。マリーが魔法を使えると告白した時よりも、驚いていた。それに、先ほどから少々挙動不審でもある。

『キュ、キュイ！』

「あ、そ、そうですね！」

「あの、モコモコさんはなんと？」

「レナルド様は人見知りをなさるので、慣れるまで、距離を置いたほうがいいと」

「ああ、それもそうね」

そもそも、男性の主人の世話は従僕が行う。マリーが出て行く場面ではなかったのだ。

話が一段落すると、メレディスは居住まいを正して話しかけてきた。

「マリーさん、ありがとうございました」

「え？」

「秘密を、教えてくださって」

「ずっと、言おうと思っていたの。でも、怖くて」

もしもメレディスに嫌われてしまったらどうしよう。そんな思いが心の内で錯綜《さくそう》し、告げることができなかったのだ。

「王都にいる時、趣味を隠しもしないで堂々としていたメレディスさんのことを、羨《うらや》ましいと思ったわ。勇気あることだとも」

「父には、人様には言うなと釘を刺されていました。しかし、趣味を聞かれて、嘘を言うこともできず……」

「そんなあなたが、私にはとても眩《まぶ》しく見えたわ」

マリーは保身に走って、真実を話すことができなかった。その結果、婚約破棄《はき》されてしまった。

「黙っていて、ごめんなさい」

メレディスは眉尻《まゆじり》を下げつつも首を横に振る。

「人は、本当の自分をすべて曝《さら》け出して、生きなければいけないわけではありませんから。わたくしは、わたくしに見せてくれたマリーさんを、好きだと思っていたのです。そして今日、新しい一面を知って、さらに好きになりました」

「メレディスさん……！」

瞼《まぶた》が熱くなって、両手で顔を覆《おお》う。そんなマリーの背を、メレディスは優しく撫《な》でてくれた。

妖精モコモコも、マリーの膝の上に乗ってコロコロ転がっている。励《はげ》ましてくれるのか。

「こ、この子、人懐っこいのね」

「いえ、普段は人見知りなんですよ。マリーさんが、いつもお手紙を送ってくださる方だと、わかっているようです」

「そう……」

アルザスセスに来てよかったと、心から思う。

ここならば、本当の自分を隠さず、殺さずに生きて行くことができるのだ。

メレディス曰《いわ》く、この地は魔法とのかかわりが深く、皆、魔法使いに一目置いているらしい。差別もないという。それが、何よりも嬉しかった。

「ウルフスタン家のお庭には、妖精さんがいらっしゃって、草花のお世話をしてくださるのです」

「そうなのね。あの広い庭を、どうやってお世話しているのか、疑問だったんだけれど」

妖精がいかにして庭の草花を剪定《せんてい》しているのか、気になって仕方がなくなる。

「あ、そうだわ。メレディスさんの薬草園も見たいと思っていたの」

「ええ、ぜひ」

「また、薬草を使ったお茶やお薬の作り方を教えてくれる？」

「はい、喜んで！」

マリーは頰《ほお》を赤く染めながら、胸に手を当てて呟《つぶや》く。

「ああ、なんて素晴らしい土地なの！　夢みたい」

ただ、マリーはここに遊びに来たわけではない。本来の目的を、ようやく思いだした。

「そういえば、私はここで何をすればいいのかしら？」

「そ、そうですね」

「お茶を淹れるのは得意よ」

「それは、キャロルさんのお仕事でして」

「まだ、ご紹介していませんが、家令のハワードさんの奥さんのネネさんが担当をされています」

「料理は？」

「だったら、メレディスさんの傍付きをするの？」

「え～っと、それもキャロルさんのお仕事ですね」

「だったら、私は何をすればいいの？」

「そ、そうですね。ちょっと、レナルド様と、話し合いをしておきます」

『キュイ、キュイ！』

「あ、はい、そうですね。モコモコさんも言っているのですが、しばらくは、のんびり過ごされてください。アルザスセスの地に慣れることも、重要なことですから」

「そう？」

使用人として招かれたのに、仕事がないとはどういうことなのか。しかしまあ、意見するような立場ではないので、それを受け入れる他ない。

それに、仕事は命じられてするのではなく、探して行うのだ。

これは孤児院で働いている時に、マリーは学んだ。

「私にできることがあれば、いいのだけれど……」

そう呟いたのと同時に扉が叩かれ、廊下《ろうか》側から侍女《じじょ》のキャロルが声をかけてくる。

「奥様、少々よろしいでしょうか？」

「はい？」

「リヒカル様を、ご紹介していただきたいと、旦那様がおっしゃっていまして」

「ああ、そうですね」

「リヒカル様って……？」

この屋敷には、もう一人住人がいたのか。

扉が開いた瞬間、マリーは思い出す。愛犬リヒカルの存在を。

リヒカルは灰色の毛並みを持つ、耳の立った大型犬だった。マリーは驚き、悲鳴を上げてしまう。

「きゃあ！」

隣に座っていたメレディスに抱き着き、リヒカルから顔を逸《そ》らした。

「マリーさん、あの、リヒカルさんは、わたくし達の大切な家族で……」

「そ、そうなの？　ごめんなさい。少しだけ、犬が、苦手で」

嘘だ。幼少時に実家の庭で猟犬に追いかけられて以来、犬が大の苦手だった。

ただ、メレディスが大切な家族と言った手前、大嫌いだと言えなかったのだ。

「リヒカルさんはとても大人しい子で、一度も噛《か》みついたこともないんですって」

「ええ」

メレディスに背中を優しく撫でられているうちに、落ち着きを取り戻す。

このままではいけないと思い、背後にいるらしいリヒカルを振り返った。

なんと、キャロルが押さえつけた状態でいた。つぶらな瞳で、じっとマリーを見つめている。

大人しく、可愛《かわい》らしい犬に見えた。

しかし、幼少期の記憶の中の犬が牙を剝《む》き、近寄ることさえできない。

「ごめんなさい……とっても、いい子に見えるのだけれど」

「いいえ。不得意なものは、誰にでもありますから」

メレディスに悲しそうな顔をさせてしまい、胸がツキンと痛んだ。

犬嫌いは、どうにかしたいと常日頃から考えていた。苦手なことをそのままにしておきたくないタイプなのだ。

ここで、名案を思い付く。

「あ、あの、メレディスさん。リヒカル様のお世話は、誰が？」

「え？　あ、えっと……」

メレディスは言葉に詰まっていたら、代わりにキャロルが答える。

「ハワードがしております」

「家令ね」

家令の仕事は山のようにある。その隙間《すきま》時間に、リヒカルの世話をしているのだろう。

だったらと、マリーは震える声で提案した。

「リヒカル様のお世話係を、私がすることにするわ！」

マリーの力強い決意表明に、メレディスは瞳が零《こぼ》れそうなほど大きく見開く。

「で、ですが、マリーさんは、狼……いえ、犬が、苦手、なんですよね？」

「ほんのちょっとよ。犬を飼ったことがないから、どういう風に接していいかわからないだけで、そんなに苦手というわけではないから」

ちらりと横目でリヒカルを見てみる。依然としてキャロルに体を押さえられながらも、じっとマリーを見つめていた。目が合ってしまったので、慌てて顔を逸らす。

まだ、怖かったのだ。

しかし、せっかく見つけた仕事を逃したくない。マリーさんは必死になって懇願《こんがん》する。

「メレディスさん、お願い！」

「え、えっと……」

メレディスは分かりやすいほど困惑しているようだった。しかし、マリーも引くわけにはいかない。

『キュイ、キュイ～』

またしても、妖精モコモコがメレディスに何か助言している。メレディスはマリーの膝の上にいたままだった妖精モコモコを手で掬《すく》い取り、耳元に近づけて何やら話を聞いていた。

『キュイ、キュイ、キュイ！』

「あ、はい。ええ、そうですね」

「メレディスさん、モコモコさんはなんと？」

「決定は、レナルド様に任せるようにと」

「わかったわ」

夕食時に、話をすることにした。ウルフスタン家の晩餐《ばんさん》は夕暮れ時に。随分《ずいぶん》と早い。

「夜は、庭の妖精さんが庭のお手入れをするので、屋敷の灯りは早い時間に落とすようにしているのです」

「そうなのね」

だから、当主であるレナルドは早く灯りを消すため、夜に忙しくしているのだろう。妖精と精霊の伝承が残る土地らしい理由であった。

「マリーさん、ネネさんのお料理はとっても美味《おい》しいのですよ。久々の晩餐会なので、張り切っているようで」

「あら、私も食事をご一緒してもいいの？」

使用人として来ているのに、主人一家と食事を共にするとは考えていなかった。しかし、メレディスは気にせず共に食事をとろうと言う。

「今夜はマリーさんを歓迎する意味もありますので」

「それは、とても嬉しいけれど」

すぐに働かなくてもいいとも言っているし、もしかして話が上手《うま》く伝わっていないのか。詳しい話を聞こうと思ったら、メレディスはレナルドと話をしてくると言って退室していった。妖精モコモコは、メレディスのあとをポンポン跳ねてついていく。キャロルも、リヒカルを連れて部屋を辞する。

一人になったマリーは、ポツリと呟いた。

「変ね」

◇◇◇

太陽は傾きかけ、地平線にとろりと溶け落ちてしまいそうな橙《だいだい》色に染まりつつある。もうすぐ、夕食の時間になるのだろう。

父親から持たされていた鞄《かばん》の中には、仕着せしか入っていない。晩餐会に着ていけるドレスなどなかった。

困り果てているところに、ハワードにキャロル、イワンがやって来る。彼らは、三段に積みあがった箱を抱えていた。

「あなた達、それは？」

「ウィルリントン公爵家よりお届け物でございます」

テーブルの上に置かれた箱を開く。中にあったのは、生成《きな》り色のデイタイム・ドレスだった。

「これは……！」

白鷺《しらさぎ》の羽根が付いた冬用の帽子に、白いサテン生地の日傘、絹のストッキングに、キャンディ・ストライプのアフタヌーン・ドレスなど。

アルザスセスでの生活で困らないように、ウィルリントン公爵がマリーのためにドレスや小物を用意してくれていたようだ。

それから、宝物のように思っていた魔法書の一部も届けられている。

いったいどうしてという思いがでかかるも、使用人である彼らが知るわけもない。

「マリーお嬢様、ご準備を、お手伝いいたしましょうか？」

貴族令嬢のドレスは、一人で着用できない形となっている。そのため、身支度《みじたく》を整えるためには、キャロルの手伝いが必要だった。

「いいの？」

「もちろんでございます」

「だったら、お願いしてもいいかしら？」

「かしこまりました」

キャロルは山のように積みあがった箱の中から、深紅色《クリムゾン》のイブニング・ドレスを発掘する。

少々派手だと思ったが、物申す権限などないのでそのままにしておいた。

王都にいたころのマリーは四、五人の侍女に囲まれ、一時間半ほどで身支度を整えていた。キャロル一人だったらどれだけの時間がかかるのかと不安に思ったが――杞憂《きゆう》に終わった。

手際《てぎわ》よくドレスを着せてくれた上に、化粧《けしょう》は今までとは違う雰囲気《ふんいき》のものに仕上がる。髪型は花冠を被《かぶ》っているような三つ編みにしてくれた。

鏡に映るマリーはいつも以上に大人っぽく見える。これを、キャロルはたった一時間で仕上げた。

振り返った先にいたキャロルを、魔法使いのように思ってしまった。

「マリーお嬢様、いかがでしょうか？」

「ありがとう。とっても素敵だわ」

「もったいないお言葉でございます」

キャロルのおかげで、なんとか身支度は整った。感謝の言葉しかない。

「そろそろ、夕食のお時間のようです」

「ええ、わかったわ」

マリーはキャロルに導かれ、一階にある食堂へと向かった。

ウルフスタン伯爵家の食堂には、すでにレナルドとメレディスの姿があった。一人共正装姿で、お似合いの夫婦に見える。

リヒカルも、首に新緑のリボンを結んで参加していた。食卓から五メートルほど離れた位置に、お座りをしている。

ここでも、リヒカルと目が合ってしまう。マリーは一瞬顔が引きつってしまったが、頑張って笑顔を浮かべてみせた。すると、気持ちを受け取ってくれたかのように、リヒカルは尻尾《しっぽ》を振る。

リヒカルに気を取られている場合ではなかった。マリーはスカートの裾《すそ》を摘《つ》まみ、淑女《しゅくじょ》の礼をしながら、晩餐会へ誘ってくれた感謝の気持ちを伝える。

人見知りをするらしいレナルドは、僅《わず》かに頷《うなず》くばかりであった。

従僕のイワンが、マリーのために椅子《いす》を引いてくれた。着席すると、晩餐会の始まりとなる。

ハワードより、料理長のネネが紹介された。ネネはふっくらとした、人の好さそうな中年女性だった。「お腹いっぱい食べてください」という言葉に、マリーの緊張も解《ほぐ》れる。

食卓に並ぶ料理は、アルザスセス産の食材を贅沢《ぜいたく》に使った品々である。

秋採れジャガイモの冷製スープに、トマトと渡り鳥のパイ、若鹿のロースト蒸しカブ添えに、森の湖で獲《と》れた白身魚の揚げ料理《クラッペン》。食後の甘味は、アイスクリームにあつあつのコンポートを載せたものであった。

どれも美味しくいただいた。ネネにもそう伝えると、満面の笑顔を見せてくれる。

「お嬢様のお口に合ったようで、よかったです」

「本当に、美味しかったわ。王都でお店を出したら、流行《はや》るわよ」

「うふふ、考えておきます」

そんな返しをしていたら、レナルドがジロリと睨《にら》む。ネネは舌をペロっと出したあと、冗談だと言って当主のご機嫌取りのために酒を注いでいた。

無口で人見知りなレナルドを交えた晩餐会であったが、意外にも終始和《なご》やかな雰囲気だった。

マリーが話題を振ると、案外話をしてくれたのだ。メレディスが話を広げてくれたので、気まずくならずに楽しい時間を過ごす。

なんといっても嬉しかったのは、メレディスとレナルドが仲睦《なかむつ》まじい様子を見せてくれたことだった。二人は愛し合い、想い合って結婚した。貴族同士の結婚では、なかなかこうもいかないだろう。

マリーは思わず、羨《うらや》ましく思ってしまう。

自分も、アークロード王子と心を通わせる努力をしていたら、メレディスとレリルドのような夫婦になれたのか。

しかし、彼はマリーの魔法に理解を示さなかった。その上、魔法に関する記憶を失くそうとしていた。おそらく、魔法の一件がなくとも、先の未来で意見の食い違いはあっただろう。

「――それで、リヒカルの世話係についてだが」

レナルドに話しかけられ、ハッと我に返る。そうだった。リヒカルの世話係に立候補していたのだ。

「犬を飼っていた経験はないのだけれど、お手伝いできるならば、ぜひにと思って……」

自信がないからか、声がだんだんと萎《しぼ》んでいく。

迷惑な申し出だったのだろうか。レナルドのほうを見てみたら、無表情だった。一方、メレディスは淡く微笑《ほほえ》んでいたのでホッと胸を撫《な》で下ろす。

「その申し出についてだが、リヒカルに決めてもらうと思って」

「リヒカル様に?」

「そうだ。軽く接して嫌がるようならば、世話係から外れてもらう。この条件で、いいだろうか?」

マリーはリヒカルのほうを見る。相変わらず、目が合うと尻尾を振っていた。嫌われているようには見えない。だったらと、レナルドの出した条件を受けることにした。

「仕事は明日からでいい。今日はもう、休むといい」

「ええ。お心遣いに、感謝しますわ」

まだ、夕陽は完全に沈んでいないが、ウルフスタン伯爵家の夜はこれで終わりのようだ。

マリーは疲れていたので、言葉に甘えて食堂を辞する。

風呂に入ったあと、父親に手紙を書いた。

ドレスや日用品、魔法書まで送ってくれた礼から始まり、伯爵夫婦が歓迎してくれたことや、アルザスセスの素晴らしさを便箋《びんせん》二枚にわたって書き綴《つづ》った。

手紙を封筒に入れ、机に点していた赤い蠟燭《ろうそく》を数滴垂らし、印章を押して封をする。これで、今日やりたかったことは達成できた。

眠る前に、明日の服を準備しておく。

白いブラウスに、紺《こん》のエプロンドレスとリボン。ストッキングに、踵《かかと》の低い靴。

これらを身に着け、マリーはウルフスタン家の使用人として働くのだ。

一応、リヒカルの専属お世話係という役職に就《つ》くが、他の仕事も見つけ次第手伝いたい。

孤児院で掃除《そうじ》洗濯、料理に茶くみと、一通りの仕事は習った。なんでもできる自信がある。

しかし、ここは魔法仕掛けの屋敷で、使用人がすべきほとんどの仕事を魔法の力で行ってしまうのだとか。

厨房《ちゆうぼう》には、自動で料理を作る鍋《なべ》もあるらしい。ただ、料理にこだわりがあるネネがいるので、ほとんど毎日手作りの料理が出てくるようだ。

ネネが休みの日だけ、魔法で作った料理がでてくるようだ。それも、興味がある。

洗濯は大きなブリキの箱に、洗剤を入れて蓋《ふた》を閉じるだけで、綺麗《きれい》に洗って乾燥までしてくれる魔道具があると聞いた。どういう仕組みで動いているのか、マリーは興味津々《しんしん》だ。

他にも、屋敷の中にはたくさんの魔法がある。話を聞いただけで、ドキドキワクワクしていた。明日から、魔法に囲まれた生活がスタートするのだ。犬が苦手とか、言っている場合ではない。

そういえばと思いだす。メレディスが、妖精が夜になると庭の手入れを始めるのだと話していたのだ。

もしかしたら妖精が見られるかもしれない。窓に近づき、さっとカーテンを開いてみる。

「わあ……！」

庭全体に青く光る光の粒が漂っているという、なんとも幻想的な光景が広がっていた。

「あれが、妖精？」

あまりの美しさに、マリーはほうと熱いため息を落とした。

光の粒は庭を漂い、草木の世話をしている。それはまるで、童話の世界のようだった。

しばし見入っていたが、妖精の光が一気に消えてなくなる。作業が終わったのかと思っていたが、違った。

誰かが、庭にやって来たようだ。手に持っているらしい角灯《ランタン》の光が、草木をかき分けるようにして通過していったのだ。

こんな時間に、いったい誰が？

今日は新月で、外は真っ暗。目視では誰だか確認できない。

ただ、ウルフスタン家の人達は、夜に妖精が草花の世話をすると知っている。だから、庭に分け入ったのは侵入者ではないかという疑惑がじわじわと浮かんできた。

角灯を持った人物は、庭の中心にある円形の広場で止まった。いったい、何をしているのか。

マリーは監視していた。

メレディスやレナルドに報告したほうがいいのか迷う。

ここは魔法文化が色濃く残る地、アルザスセスだ。

もしも、日常的に行われている儀式か何かであったら、邪魔することになるだろう。

そんなことを考えていると、広場が淡い光を放ちだす。即座に、それが魔法であると気づいた。

それが、どのような魔法であるかはわからない。しかし、気になって仕方がなかった。

我慢しきれなくなったマリーは、寝間着の上から父親から送ってもらった絹織物《シルクタフタ》の外套《がいとう》を纏《まと》い、水晶杖《クリスタル・ロッド》を摑《つか》むと、屋敷を飛び出し、庭へと駆けだした。

外は冷たい風が吹いて、ひんやりとしている。こうして、一人で外に出ることなど初めてである。咎《とが》める使用人は、誰もいない。振り返った屋敷は、すべて灯りが消されていた。今あるのは、マリーが魔法で作った光球と、庭に侵入した者が点した角灯だけである。

貴族令嬢らしからぬ夜の外出に、我ながら思い切ったことをしたものだと思う。同時に、これは夢の中なのかとも。

しかし、さわさわと草が重なり合う音と、リンリンという虫の鳴き声が現実であると告げていた。

マリーは周囲を警戒しつつ、一歩、一歩と歩みを進めて行った。

妖精の庭は、その姿が消えてなお幻想的だった。夜露が浮かぶ草花は、マリーが魔法で作った光球を受けて、ほんのりと輝いている。それは、マリーが今まで見てきたどの宝石よりも美しかった。あまりにも綺麗だったので、赤薔薇《あかそうび》の花びらの一枚に指先で触れてしまったが、夜露が散ってただの薔薇となる。人が触れてはならぬ芸術品だったようだ。

広場から発せられている光が強くなった。こうしている場合ではない。急がねば。マリーはそう思い、歩みを速める。

気づかれないように息を殺し、足音がしないよう慎重に進む。

植木に身を隠し、今現在広場で行われていることに意識を集中させた。

「――――！」

声が出そうになるのを、咄嗟《とっさ》に口を塞《ふさ》いで我慢する。

マリーはここに来て、一番驚く光景を目にした。人型の妖精がいたのだ。

身長は百七十を少し越えたくらいか。少年と青年の中間という、なんとも表現しがたい年齢のように思える。

妖精は本を片手に持ち、ぶつぶつと呪文を唱えていた。低く凛《りん》とした声が響く度《たび》に、魔法陣は光を強めている。

年頃は、マリーと同じくらいか。男女どちらにも見える容貌《ようぼう》であるが、ジェストコールにズボンを纏《まと》っているので、男性だと思われる。

それよりも驚愕《きょうがく》すべきは、彼の類《たぐい》まれなる美貌《びぼう》だろう。

白銀を紡《つむ》いで作ったような美しい髪に、夜闇を映した瞳。整った目鼻立ちに、薄い唇、抜けるような白い肌に、均斉の取れた体。その姿は妖美《ようび》としか言いようがない。

マリーは息をするのも忘れるくらい、妖精の美しさに目を奪われていた。ふいに、手に握っていた水晶杖《クリスタル・ロッド》を放してしまう。

身の丈ほどもある杖は広場のほうに倒れ込んだ。当然ながら、妖精はマリーの存在に気づく。

「誰だ!?」

責めるような声に、マリーはビクリと肩を震わせる。逃げ出したかったが、足が竦《すく》んで動けない。声も、出てこなかった。

反応がないので、妖精はマリーのもとへと近づいてきた。身を隠していた草木をかき分け、覗《のぞ》きこんでくる。

「お前は、そこで何をしている?」

「……」

「僕の邪魔をしにきたのか?」

それは、違う。魔法の気配を感じたので、見に来ただけだ。そんな簡単なことが、言えずにいる。

妖精は地面に落ちた水晶杖《クリスタル・ロッド》に気づき、手に取る。

「これは――なるほど。君は、魔法使いというわけか」

どうしてわかったのか。杖は芸術品となり、魔法の技術なんて廃《すた》れているのに。

そんな疑問が顔に出ていたのか、妖精は嫣然《えんぜん》とした笑みを浮かべながら答える。

「甘い」

「え？」

「杖に流された魔力から、君と同じ香りがするんだ」

その香りを、妖精は薔薇の花のようだと表す。

「その香りと同じくらい、君の考えは甘い」

妖精はマリーを責める。

「君みたいなお嬢様が、夜一人で出歩くなんて不用心すぎる」

正論を前に、ぐうの音《ね》も出ない。

ふっと、妖精は笑みを深めた。それは、マリーを嘲《あざけ》り笑うような皮肉めいたものだった。

「もしかして、僕の魔法に興味があった？」

「！」

「その様子だと、正解だね」

次々と、妖精はマリーの行動を見抜いていく。

「過ぎた好奇心は、自身を殺すことになる。覚えておいたほうがいい。もしも、僕が悪いヤツだったら、君みたいなお嬢様なんて、どうにでもできるのだから」

そう言って、妖精はマリーの首筋に触れる。肌が粟立《あわだ》つほどの、冷たい指先だった。

黒い瞳に囚われているからか、身動《みじろ》ぐことさえできなくなっていた。

「君は愚かな行動をしてしまうから、こんな場所――アルザスセスなんかに来ることになったのだろうね。甘ちゃんなウルフスタン家の夫婦に優しく迎えられて、さぞかし心地よかっただろう？　ぬるま湯に浸かった気分はどう？」

その言葉だけは、聞き流すことはできなかった。マリーは首筋に触れる妖精の手首を掴み、キッと睨《にら》む。

「私を悪く言うのは構わないけれど、ウルフスタン夫妻を悪く言わないで！　それと、アルザスセスは自然豊かで、静かで、素晴らしい土地だわ。こんな場所だなんて言うのは失礼よ！」

掴んでいた妖精の手を、投げ捨てるように離す。それから、水晶杖《クリスタル・ロッド》も奪うように取り返した。

「ぬるま湯に浸かるつもりなんてないわ！　見てなさい！　私はここで、立派に働いてみせるのだから！」

マリーからの宣戦布告に妖精は驚き、漆黒《しっこく》の目を見開いていた。

「働くって？」

「リヒカル様のお世話をするの」

そう答えると、妖精は腹を抱えて笑いだす。

「犬の世話が、立派な働きになると？」

「だって、仕方ないじゃない。この家は、魔法仕掛けで掃除《そうじ》は不要だし」

「その前に、家事はできるの？」

「ええ、もちろんよ！」

掃き掃除に拭き掃除、洗濯に料理、家事は一通りなんでもできる。

「へえ、それは意外だね」

「謹慎《きんしん》期間の中で、習得したのよ」

そう答えると、妖精は目を細め楽しげな表情となる。

「謹慎期間って、君は何をしたんだい？」

「あ！」

弱みを自ら暴露《ばくろ》してしまった。マリーは頰《ほお》がみるみるうちに熱くなっていくのを感じる。

妖精はマリーの様子を見て、腹を抱えて笑っていた。

そして眦《まなじり》に浮かんだ涙を拭《ぬぐ》いつつ、上から目線な言葉を言ってくれる。

「犬っころの世話でもなんでも、せいぜい頑張るといいよ」

「え、ええ。それは、もちろん」

「噛《か》まれないように、気をつけてね」

「か、噛むの？」

「犬だから、噛むに決まっているさ」

火照《ほて》っていた顔が、サーっと冷えていく。もしも、噛まれてしまったらどうしようと思ったが、それでもやると決めたからにはしなければならない。

「とにかく、私は私の務めを果たしてみせるのだから」

「楽しみにしているよ、薔薇《そうび》の魔法使いさん」

そう言いながら、妖精はマリーの手を握って歩き出す。

「な、何を⁉」

「屋敷まで連行するだけだよ」

「れ、連行って！」

「だって、やる気が空回《からまわ》りして、犬と一緒に寝るとか言いだしそうで怖いし」

「そ、そこまでするわけないでしょう？」

「わからないね」

そんな言い合いをするうちに、屋敷の勝手口へとたどり着いた。妖精は扉を開き、マリーを中へ入れた。

「そういえば、あなたの名前——」

言い終えないうちに、マリーの唇に妖精の指先がそっと当てられる。

「僕の名は、僕の花嫁にしか教えられないんだ」

妖精の言った『花嫁』という言葉には、どこか甘美な響きがあった。

ポカンとしているうちに、扉が閉められる。ガチャンという、鍵が閉まる音を聞いた瞬間、マリーは我に返った。

内側から鍵《かぎ》を開いて外を覗いてみたが、妖精の姿はどこにもない。

今まで立ったまま夢を見ていたのか、そんな気さえする。

それくらい、妖精の姿は現実的ではなかったのだ。

廊下《ろうか》に置かれた振り子時計が、ボーン、ボーンと低い鐘の音を鳴らす。日付が変わったことを知らせてくれた。

ぼんやりしている場合ではない。明日から、仕事をしなければならないのだ。

しっかり眠って、明日に備えよう。

マリーはそう決心し、自らの部屋に戻った。

第三章　神経質な美少年と、陽気なもふもふ

ウルフスタン家の男は、夜になると狼の姿になる。それは、月光を浴びることによって体内にある魔力が高まり、祖先となる狼精霊の血が活性化されるからだ。

変化後の姿は、さまざまだった。小型犬のような可愛《かわい》らしい姿から、狼と変わらない精悍《せいかん》な姿、二メートルを超える巨大な狼の姿になる者もいる。

その中でも、リヒカルは異例だった。

新月以外は狼の姿を保ち続けるほど、彼の内なる魔力値は高かったのだ。

その見た目も、一族の特徴からかけ離れている。

ウルフスタン家の者は、黒髪に青い目を持ち、狼の姿で生まれる。一方で、リヒカルは灰色髪に黒い目を持ち、人の姿で産まれた。

そのため、リヒカルの父レイドは妻ミリーナの不貞《ふてい》を疑い、口論となった。

不幸は重なるもので、産後の肥立《ひだ》ちが悪かったミリーナは医者の治療も空《むな》しく、命を落としてしまった。その翌日に、リヒカルは初めて狼化する。

ミリーナは不貞などしておらず、リヒカルの髪色や目色が違うのは高い魔力値の影響であることが判明した。

後悔《こうかい》先に断たず。

リヒカルの父レイドは妻ミリーナに謝りたくとも、亡骸《なきがら》は微笑《ほほえ》んではくれない。

なんとも悲しい結末であった。

さらに、悲劇ともいえることが明らかとなる。リヒカルの狼化は朝になっても解かれず、その姿は一ヵ月も続いた。

新月の晩に人の姿を取り戻すも、翌日から再び狼の姿に戻ってしまう。

リヒカルはその身に宿す多大な魔力のせいで、生涯《しょうがい》のほとんどを狼の姿で過ごさなければならない体質だったのだ。

そんな息子を、レイドはどう愛していいかわからなかった。リヒカルの命と引き換えに、ミリーナを失ってしまったことも、親子の壁となっていた。

リヒカルが物心ついた時から、父レイドは冷たかった。その原因が自らの体質と、母ミリーナが複雑に絡んだ問題であったことに気づいたのは、ずっとあとの話だった。

リヒカルには数名の兄がいたが、独立していたのであまり実家に立ち寄ることはしない。皆が皆、レイドと折り合いが悪く、絶縁状態だったのだ。

ただ一人、一番上の兄を除いて。

別邸で家族と暮らしていた兄ジルベール・ウルフスタンは、冷たいだけの父親とは違い、目に入れても痛くないほどリヒカルを溺愛《できあい》していた。

年の離れた弟が、可愛くて仕方がないようだった。

ジルベールには息子がいた。二つ年上の甥《おい》レナルドは、リヒカルの兄のような存在だった。

父親の役割を果たそうとしないレイドの代わりに、ジルベールがリヒカルにとっての父親代わりとなっていた。

だから、彼にとって父や兄といったら、ジルベールとレナルドのことなのだ。

ジルベールは毎日のように、レナルドを伴《ともな》ってやって来る。

勉強も遊びも、ジルベールからの愛情すらもレナルドと同じものをリヒカルは与えられた。

常に狼の姿であるリヒカルは、ペンを握れない。代わりに、伸ばした爪にインクを浸し、サラサラと文字を書く。

綺麗《きれい》な文字を書くので、いつもレナルドから羨《うらや》ましがられていた。

テストの成績、駆けっこ、社交性、すべてにおいて、リヒカルはレナルドに勝っていた。

そんな現状を目《ま》の当たりにした父レイドは、リヒカルが人の姿を取っていたらウルフスタン家は安泰だったと皮肉めいたことを言う。

レイドとの生活は、暗く、陰鬱《いんうつ》なものであった。

そんな日々は、あっけなく終わる。リヒカルが十歳の時に、父レイドが病で儚《はかな》くなってしまった。

ウルフスタン家の爵位はジルベールが継ぎ、一家はリヒカルの住む魔法仕掛けの屋敷へ引っ越してきた。

以降、リヒカルを取り巻く人々は優しく、幸せな日々を過ごす。

しかし、新月の晩を迎える度《たび》に、ある違和感を覚えていた。

自分は、邪魔者ではないのかと。しかし、新月の晩以外狼の姿を取り続けるリヒカルには、他の兄のように身を立てる手段が見つからない。

まず、人の姿を保つ方法を探らなければ。

魔法書を探っていたら、兄ジルベールの研究を発見する。それは、魔力の抑制について書かれていた。

リヒカルの中にある魔力さえどうにかすれば、人の姿を保てるようだ。

内なる魔力を放出する魔法は極めて難しい。それに、魔力は生命と繋《つな》がりのあるため、放出してしまうことは大変危険な行為だった。

よって、リヒカルの魔力を散らすのではなく、抑える魔法を編み出したようだ。

ただ、それは難しいことであった。現代に残る魔法の技術は僅《わず》か。数々の魔法の遺物が残るアルザスセスであったが、魔法使いはいないとされている。

そんな状況の中、ジルベールはリヒカルに黙ってどうにかしようと模索してくれていた。

領主であるジルベールは忙しい。そのため、彼に代わってリヒカルが研究を継ぐようになった。

ただし、新月の晩に限定して。

狼の姿になると、途端に人の姿を保つことに関してどうでもよくなる。

それに、狼の姿のほうが家族も村人も、リヒカルを愛してくれるのだ。

人の姿なんて煩《わずら》わしい。

そう思ってしまうので、人の姿を保つ魔法の研究は、まったく進んでいなかった。

当然、新月の晩のリヒカルは焦る。

そうこうしている間に、兄夫婦が事故で亡くなってしまった。

リヒカルが十三歳、レナルドが十五歳の時の話である。

悲しみに明け暮れていたが、兄ジルベールからの「レナルドを頼む」という遺書を読んだリヒカルは、立ち直った。

これから、レナルドをしっかり支えなければ。十三歳の少年だった彼は、そう決意する。

幸いにも、リヒカルの頭脳はレナルドの助けとなった。手と手を取り合うように協力し、拙《つたな》いながらもレナルドはなんとか領主としての一歩を踏み出す。

ただ、大人になりきれていなかった二人は、すぐに大切な人を喪《うしな》った悲しみを乗り越えることができなかった。

悲しくて、胸が張り裂けそうだった。そういう時は、身を寄せあって同じ寝台で眠る。

当時、十五歳のレナルドは一メートル半を超える狼の姿であった。リヒカルとは違い、月夜の晩だけ姿が変化する。

そんな彼も、心はまだ子どもだったのだ。

それから数年は、がむしゃらになって暮らしていた。

レナルドが十七歳になった冬の年に、初めて見合い話が浮上する。そろそろ伴侶《はんりょ》を迎えなければならないと、話題に上がっていた矢先での話であった。

その日、ちょうど新月の晩を迎えていたリヒカルは、何度目かもわからない危機感を覚える。

また、自分は邪魔者になってしまうのではないのかと。

幸せな家族の中に紛《まぎ》れ込んではいけない。強く、思ってしまった。

人の姿を保つ魔法の研究はあまり進んでいない。毎晩行っていたら、今頃完成していたのかもしれないが……。

しかし、狼の姿となると楽天的になって、魔法のことなどどうでもよくなってしまうのだ。

これぱっかりは、どうにもならない。

レナルドが結婚するまでに、どうにか人の姿を保つ魔法を習得しなければならない。

一刻の猶予《ゆうよ》もないのだ。

だから、新月の晩のリヒカルは焦り、一人苛《いら》ついていた。

気が急げば急ぐほど、魔法の研究は上手《うま》くいかない。

そうこうしているうちに数年が経ち、レナルドは十九歳、リヒカルは十七歳となった。

何度も見合いが上手くいかなかったレナルドは、王都で開催される夜会へ花嫁を探しに行くと決意した。

新月の晩のリヒカルは、わざと次の新月の日をずらして教える。そうすれば、花嫁など見つけることはできないと思ったからだ。

まだ、魔法は完成していない。今、結婚されてしまうと、困ってしまう。そんな考えが根底にあった。意地悪で、そんなことをしたわけではない。

しかし――レナルドは王都で花嫁を見つけてしまった。

メレディス・ラトランドという、心優しく可憐《かれん》な少女だった。加えて、彼女の実家であるラトランド家は資産家で、関係を築くならこれ以上申し分ない相手であった。

レナルドとメレディスは相思相愛となり、結婚した。

リヒカルはレナルドの結婚を心から祝福する。嬉しかった。嬉しかったけれど、同時に一人で置いて行かれたような孤独感も覚える。

それは人生の伴侶を見つけた甥への羨望《せんぼう》か、それとも、唯一の家族を花嫁に取られてしまったように思ったのか。

さまざまな気持ちが混ざっているので、よくわからない。

けれど、レナルドは結婚後も変わらなかった。リヒカルを心から頼り、家族の輪に入れようとする。

ただそうなると今度は、妻であるメレディスに対して、罪悪感を覚えた。

自分さえいなければ、レナルドは夫婦の時間をもっと大切にできたかもしれない。

新月を迎える度に早くここから出て行かなければと思うが、研究は思うように進まない。だから、どうしてこうなったのかと頭を抱えている。


ウルフスタン伯爵家の日々は平和だった。

だが、ある日変化が訪れる。メレディスの友人である、公爵令嬢マリー・アシュレー・ウィルリントンが住み込みで働くことになったのだ。

十八歳の花盛りの少女が、結婚もせずにド田舎《いなか》のアルザスセスにやって来る。明らかにわけありだろう。

やって来たマリーは金の髪に澄んだ翠緑玉《エメラルド》の瞳を持つ、それはそれは美しい少女だった。ただし、キリリと吊り上がった目は、少々勝ち気な雰囲気《ふんいき》があったが。

想定外だったのは、リヒカルの姿を見るなり悲鳴を上げたこと。

どうやら、大の犬嫌いのようだ。

今まで、狼の姿を拒絶されたことがなかったので、驚いてしまった。

さらに、思いがけない事態となる。負けず嫌いなのか、マリーはリヒカルの世話係を名乗り出たのだ。

正直、迷惑だ。けれど、潤んだ目で恐々《こわごわ》リヒカルを見るマリーを、どうしてか突き放すことはできなかった。

果たしてどうするのか。メレディスの動向を見守っていたが、彼女もどうしようか決めかねているようだ。妖精モコモコの助言で、決定権はこの場にいないレナルドに放り投げられた。

◇◇◇

『――ほら、僕って可愛《かわい》いじゃん？　だから、マリー嬢に怖いって言われてびっくりしたんだよね！』

レナルドも驚いた表情で、リヒカルの話を聞いている。

『やっぱり、レナルドもびっくりするよね』

「いや、私が驚いたのは、自分を可愛いと言い切れるリヒカルの自信のほうだ」

『えっ、レナルドには可愛く見えない？』

リヒカルは尻尾《しっぽ》を振りながら、小首を傾《かし》げる。

極めつけは、レナルドの膝に顎《あご》を載せキラキラとした目で見上げた。

『ね、可愛いでしょう？』

「そういうことは、計算されると可愛くはない」

『ええ～、酷《ひど》い！』

「酷くない」

そう言いながらも、レナルドはリヒカルの頭を優しく撫《な》でる。

「それで、どうするのだ？」

『どうするって？』

「マリー嬢の世話係についてだ」

『う～ん。まあ、正直に言ったら、イヤだけど』

いくら仕事がないとはいえ、年若い少女に世話を焼かれることは迷惑でしかない。

「だったら、晩餐会《ばんさんかい》の時に、断るとしよう」

『でもさ、彼女の言う通りでもあるんだよね』

「言う通りとは？」

『家令は忙しいから、世話をする時間なんてないだろうってさ』

リヒカルが一番ハワードやイワンの手を煩《わずら》わせているのは――風呂だ。毎日一時間かけて洗い、一時間半もかけて乾かしてくれる。

「風呂だけは、どうにもならないな」

『レナルドみたいに、狼化する前にサクッと入浴できたらいいんだけれどね。これだけは、狼の姿を恨みに思うよ』

「まあそれも、彼らの仕事なのだから、そんなに気にする必要はない」

『わかっているんだけどね～。あ、ちょっと待って！』

「どうした？」

『背中が痒《かゆ》いかも』

「ここか？」

『違う、もっと右！』

「ここ？」

『もうちょっと右……あ～、うん、そこそこ。よし、ありがとう』

そんなやり取りをしているうちに、何の話題を話していたのか失念してしまった。

『え～っと、何を話していたっけ？』

「マリー嬢についてだ」

『あ、そうそう。う～ん、迷うね』

「怖がっているのならば、させるべきではないだろう」

『そうだよね。でも……』

もしも、慣れてくれたならば、入浴の手伝いを頼みたい。

『世話係のお試し期間を設けるってことでどうかな？』

「わかった。そのように伝える」

こうして、マリーはリヒカルの世話係になるための機会を与えることにした。

その日の晩は新月だった。

またしても、レナルドは遊戯盤《ゆうぎばん》を持ち出して、一緒に遊ぼうと誘ってくる。

「だから、新月の晩は僕に構うなと言っているだろう？　何度言わせるんだ」

「しかし、リヒカルが遊戯盤の名手だと言ったら、メレディスが勝負したいと言い出して」

「今度、狼の姿の時に相手してあげる。でも、今日は無理」

そんな風に冷たく突き放す。レナルドが悲しそうな顔をしていたが、気にしている場合ではない。人の姿でいられる時間は、限られているのだ。

リヒカルは魔法を試すために庭に出た。

夜、妖精が草花の世話をしているという庭だが、そういう姿を目にしたことは一度もない。探せば見つけることができるが、自然と姿を現すことはなかった。

別に、見たいとも思わないので気にしていない。

角灯《ランタン》の心もとない灯りを頼りに、月明かりのないまっくらな庭を突き進んでいく。

庭の中心にある広場は、石畳《いしだたみ》が魔石で作られている。それに加え、毎晩月明かりを浴びている場所でもあった。そのため、魔法を発動させるのにうってつけの場所である。

リヒカルはしゃがみ込んで、魔法陣を描いた。媒体となる道具を並べると、描いた線がほのかに光る。

呪文を唱えたら、光が強まった。

——今日は、なんだか上手くいく気がする。

そんな自信が、どこからともなくじわじわと湧き出ていた。

詠唱《えいしょう》はあと一節で終わりだ。最後の一言を発そうとした刹那《せつな》、物音に妨害された。

それは、葉がこすれる音と、何か堅い物が石畳に落ちた音だった。

誰かに見られていた？

気配がなかったので動転しながらも、その正体を暴きに行く。

リヒカルの魔法を覗《のぞ》いていたのは、メレディスの友人マリーだった。

いったい何をしにきたのか。

貴族令嬢が供も連れずに歩き回ることは褒められたことではない。その上、今は夜だ。なんて無鉄砲なのだろうと、呆《あき》れてしまう。

リヒカルを不審者だと思ってやって来たのか。そう思ったが、彼女の足元に落ちていた水晶杖《クリスタル・ロッド》を見て気づく。

マリーは魔法使いだったようだ。彼女と同じ甘い香りが、杖から発する魔力から漂っていたのである。

それは、薔薇のように優雅で品のある甘い香りに似ていた。狼精霊の末裔《まつえい》だからか、鼻がよく利《き》くのだ。

どうやらリヒカルの魔法に好奇心を刺激され、こうして一人でやって来たようだ。

まったく、甘ったれたお嬢さんだ。

そう判断したリヒカルは、遠慮《えんりょ》なくマリーを責めた。いくつもの非常識を指摘され、マリーの白い肌は赤く染まっていく。

気が強そうに見えたので、突っぱねると思いきや、涙目でじっと耐えていた。

言いたい放題言ったので、気分がスッとしたが——同時に罪悪感も覚える。

そんな気持ちをかき消すように言った「甘ちゃんなウルフスタン夫妻に優しく迎えられて、さぞかし心地よかっただろう？　ぬるま湯に浸かった気分はどう？」という言葉は、リヒカル自身にも突き刺さってしまった。

ずっと、レナルドやメレディスの優しさに甘えてきたのは彼自身だ。マリーを責めることなんてできない。

自分自身の発言にショックを受けていたら、今度はマリーに反撃される。

彼女はリヒカルが持ったままだった杖《つえ》を奪うように取り返し、射貫《いぬ》くように睨《にら》まれた。その上、レナルドとメレディスを悪く言ったことを憤《いきどお》っている。

それだけではなく、マリーはこれから毎日働いて、存在意義を示すというのだ。

やはり、彼女は見た目通り、勝ち気で気の強い女性だった。

最初に言い返さなかったのは、それが自分の悪いところだとわかっていたからだろう。その点は、大いに好感を抱く。

頑張りどころが犬の世話というのがいささか疑問ではあるが、貴族令嬢のマリーからしたら大任なのかもしれない。犬が苦手だというので、なおさらだろう。

いったい、どんな働きを見せてくれるのか。

リヒカルはマリーに敬意を示して、屋敷まで送ってあげることにした。

最後に、名前を聞かれたけれど、人の姿で答えるわけにはいかない。

人の姿で自分がリヒカルだと言えるのは、家族以外では生涯を共にする伴侶《はんりょ》だけ。そう、決めていた。

振り返ってみれば、ただ騒がしいだけの夜だった。結局魔法は試せなかったので、時間の無駄だとも思う。

しかし、マリーを知るきっかけになった。

なんとなく、アルザスセスに来た理由も察する。おそらく、魔法絡みだろう。

日常生活を送るだけならば、魔法は無用の長物《ちょうぶつ》だ。きっと彼女は、魔法に執着をして婚約破《は》棄《き》でもされたのだろう。

もしも、そうだとしたら面白すぎる。

謹慎《きんしん》させられていた話を、うっかり口を滑らせてしまった時のマリーの焦った表情を思い出したらなんだか笑えてきた。

人の姿の時に愉快な気分になったのは、久々だ。それもこれも、魔法の研究を邪魔してくれたマリーのおかげである。

少しだけだったら、優しくしてあげようか。

そんな気さえ、湧き上がっていた。驚くほどの、心境の変化だった。


翌日、マリーは引きつった顔で、ハワードと共にリヒカルの私室にやって来た。

昨日の華やかなドレス姿とは打って変わり、仕着せ姿で参上する。

しかし、どこからどう見ても、使用人には見えなかった。気まぐれで、エプロンドレスを纏《まと》った深窓のご令嬢といった感じだ。

不思議なもので、高貴さは身に着ける服や装飾品が作るのではなく、その者が纏う空気から発せられるものらしい。マリーからは、気高さと高潔な感じが滲《にじ》みでていた。

そんなマリーは、引きつった笑顔を維持しつつ、震える声で話しかけてくる。

「リヒカル様、お食事の用意ができました」

盆の上には、千切《ちぎ》ったパンとカボチャの冷製スープ、剝《む》いたゆで卵に、カリカリベーコンが用意されていた。これを、リヒカル専用の食卓に置いて食べるのだ。

リヒカルが食卓の前にいると、マリーが近づけないので避けてやる。

一メートル……二メートル……三メートル……これでもダメか、四メートル。マリーの警戒はなかなか崩れない。

結局、六メートルほど離れるとマリーはホッとしたような表情を向けながら、食卓に近づいた。こんなに距離を取る必要があるのかと、こっそりため息をついた。

マリーはまず、テーブルクロスを敷いて、一輪の花が差された花瓶《かびん》を置いた。これは、彼女が自分で考えて準備した物のようだ。いつも、食卓に花なんぞ置かれない。

続いて、皿をゆっくりと丁寧《ていねい》な手つきで並べていく。

それは、犬相手に給仕しているようにはとても見えないほど丁寧だ。

昨晩宣言した通り、マリーは真剣に犬の世話係をまっとうしようとしていた。

準備が終わったら、再び引きつった笑みを浮かべて報告する。

「リヒカル様、お食事の準備が整いました」

一歩、リヒカルが近づくと、マリーはビクリと肩を震わせる。一瞬、顔を逸《そ》らしてあげたら、一気に後退していた。なかなかの運動神経である。

空腹だったリヒカルは、あまり気にせずに食べることにした。

「――それにしても」

マリーの言葉に、思わず反応しそうになる。彼女はリヒカルではなく、ハワードに話しかけたのだ。

「リヒカル様は人と同じ食べ物を召し上がるのね」

「それは……まあ」

「ベーコンなんて、犬には塩辛《しおから》すぎるのではなくって？」

マリーの言う通り、犬の食事に塩分はあまり必要としない。犬は汗をかかないからだ。しかし、精霊の血を引くリヒカルはただの犬とは違う。そのため、食べても問題はない。

「このままでは、あまり長生きできなくなるわ」

ベーコンは塩抜きして、スープも肉を茹《ゆ》でたものでいいのではとハワードに指摘している。

このままでは、健康的な犬用料理を食べさせられてしまう。リヒカルは一度吠え、ハワードになんとかするように訴えた。

「あ、そ、そういえば！　妻が、リヒカル様のお食事は、犬用だと言っていたような気がします」

「そうなの？」

「はい！　そ、その、リヒカル様はご家族の一員なので、見た目は皆様と同じものを食べさせてあげたいという、旦那様《だんなさま》の心遣いでして」

「なるほど。こだわりがあるのね」

「え、ええ！」

ハワードの機転のおかげで、犬用料理を食べなければならない展開から逃れることができたようだ。

朝食後は、腹ごなしの散歩の時間だ。

「リヒカル様は、散歩紐も首輪もなさらないの？」

「はい。敷地内ですので、ご自由に歩き回っています」

「そう」

マリーは準備があるらしい。

十分後――帽子を被《かぶ》り、手には籠《かご》を持った恰好《かっこう》で現れた。

帽子は貴族のご令嬢が被っているような、つばが広く鳥の羽根が差された物だった。仕着せ姿と合っておらず、笑ってしまいそうになる。

「では、リヒカル様。準備が整ったので、行きましょう」

使用人の準備待ちなんて、聞いたことがない。リヒカルはここでも笑いそうになりながらも、私室から廊下《ろうか》に飛び出す。

リヒカルが歩き出すと、マリーもあとに続く。ただし、六メートルほど離れていたので、散歩に同行するというよりは、尾行のようだった。

途中、庭にある東屋《あずまや》で休憩しようとしたら、マリーは水を用意してくれた。籠の中には、水分補給の水から、菓子までいろいろ入っているらしい。

まるで紅茶を淹《い》れるかのように、丁寧に皿に水を注いでくれる。

しかし、目の前に差し出すのは、その辺にあった鍬《くわ》の柄を使っていた。これまでの優雅な振る舞いのすべてが台無しである。水も半分ほど零《こぼ》れていた。

マリーが用意していたのは、スープ用の陶器《とうき》の皿。舌を使って飲むのだが、勢いよく飲むと周囲が水浸しになる。しかし、犬の体は水分を啜《すす》れるようにできていない。優雅とはほど遠い水分補給である。

マリーというお嬢様がいる手前、水を思いっきり飲むことができなかった。ゆっくりゆっくりと、舌を使って水を飲む。

「なんだか、飲みにくそうにしているわね」

マリーには、そういう風に見えてしまったようだ。こういう時、人の姿に戻れたらと思う。人の世は、狼が住みやすいようにはできていないのだ。

「ちょっと待っていて」

いったい何をするのか。リヒカルはマリーの動向を見守る。

マリーは籠から蜂蜜《はちみつ》を取り出し、東屋の石畳に垂らした。絹の手袋を外し、指先で円を描いて行く。すぐに、それが魔法陣であることに気づいた。

完成した魔法陣の中心に、水筒を置く。

マリーは歌うように、呪文を唱えた。すると、水筒の中の水が一口大の玉となって宙に浮いたのだ。これは、初歩的な水魔法だろう。

マリーは指揮者のように手を動かし、水球を操っていた。

六メートルほど離れた距離を水球がふよふよと漂って、ついにリヒカルの目の前へとやって来る。

「どうぞ、魔法の水を召し上がれ」

言われるがままに、マリーが魔法で作った水球をパクンと食べるように飲んだ。

口に含むと、魔法が解けてただの水と化す。

彼女の魔力が籠《こも》っているからか、水はかすかに薔薇の香りがした。ただの井戸水が、なんとも上品な薔薇水に変わっていたようだ。

次々と飛んでくる水球を、次々と飲んだ。こんなに美味《おい》しく、飲みやすい水は初めてだったので、尻尾《しっぽ》が自然と揺れてしまった。

最後の一つは、嚙《か》みついたあと、一回口から離してしまった。そのため、魔法が解けて水を鼻先に被《かぶ》ってしまった。

がっかりしていたら、鈴の音が鳴るような笑い声が聞こえた。

「ふふ、おかしい。最後だけ、失敗してしまったのね」

まだ飲むかと聞かれたが、リヒカルは首を振った。調子に乗って飲みまくったので、お腹がふくれている状態だった。

そんなリヒカルを、マリーはじっと見つめている。

「あなた、不思議ね。まるで、人の言葉がわかるようだわ」

その言葉に、動揺《どうよう》してしまう。無駄な魔法を使わせまいと、わかりやすいように反応したことが裏目に出てしまった。

適当に小首を傾《かし》げ、ウルウルな目を向けたが――。

「目が潤んでいるけれど、ゴミでも入ったのかしら？」

『……』

どうやら、マリーにぶりっ子は通用しないようだった。

散歩を再開させる。

マリーはハサミを持ち、庭に咲いている薔薇を嬉しそうに眺めている。

気に入った薔薇があったようで、荊《いばら》のありかを確認していた。

「妖精さん、薔薇をいただくわね」

そう言って、薔薇の茎《くき》をハサミでパチンと切る。

どうやら、メレディスから庭の手入れをする妖精の話を聞いていたようだ。

薄紅の薔薇の花を手に取ったマリーは、香りを目一杯吸い込んで堪能《たんのう》していた。

薔薇を手にする乙女《おとめ》は絵になる。佇《たたず》むマリーの姿は美しかった。

その後も、嬉々として薔薇を摘《つ》み、籠に入れていた。リヒカルの散歩をするために庭に出てきたのに、いつの間にか目的がすり替わっていた。

最後に、マリーは妖精への礼として皿に蜂蜜を垂らす。これも、メレディスから教わったのか。完璧《かんぺき》な作法《さほう》であった。

「──あら?」

マリーの周囲を、緑色に発光する光が集まってきた。妖精だ。

滅多《めった》に人前に現れない妖精が、マリーの周囲を囲んでいるのだ。

「あなた達、妖精ね。はじめまして」

妖精達がチカチカと光り出す。どうやら、マリーのことを気に入ったようだ。

メレディスといい、マリーといい、アルザスセスの妖精は花盛りの乙女を気に入る傾向にある。しかし、誰でもいいというわけではないのだろう。彼女らは妖精に敬意を示していた。そのため、こうして姿を現したのだろう。すごいことだと思った。レナルドとリヒカルが幼少期にいくら呼びかけても、妖精は現れてくれなかったので複雑な気分になるが。

「さて、帰りましょう」

リヒカルの散歩だったのに、いつの間にかマリーのあとを追いかける形に変わっていた。どうしてこうなったのか。

妖精達は騎士《ナイト》のつもりなのか、マリーを屋敷まで送っていくようだ。勝手口の前にたどり着くのと同時に、その姿は消えていった。

「ありがとう」

マリーが礼を言うと、優しい風がふわりと吹く。

彼女は都会生まれの都会育ちだったが、驚くほどアルザスセスの地への順応性を見せていた。

その後、マリーと別れて別行動を取る。

散歩をする中で慣れてきたのか、距離は四メートルくらいに縮まっていた。その上、怯《おび》えた表情は見せなくなった。もっと一緒に過ごしたら慣れてくれるのか。そこまで考えてハッと我に返る。別に、マリーと心の距離を縮める必要なんてない。

最終的な目標は、風呂に入れてもらうこと。物理的な距離は縮める必要はあるが、それに心を伴《ともな》う必要はまったくない。

ぶんぶんと首を振って気分を入れ替えると、レナルドの執務室で仕事をすることにした。

「それで、どうだったか？」

休憩時間、レナルドは紅茶が注がれたカップを片手に聞いてくる。

『どうって、何が？』

「マリー嬢との散歩だ」

『別に、普通だけれど』

「リヒカルのことを怖がっている様子だったが？」

『朝一はそんな感じだったけれどね、けっこう剛胆《ごうたん》なお嬢様みたいで、散歩から帰る頃には、怯えていなかったよ。まあ、完全に慣れただけでもないけれど』

「なるほどな。さすが、メレディスの友達だ」

『類は友を呼ぶってこと？』

「そうだな」

キャロルがリヒカルの前にも水を置く。零《こぼ》れても大丈夫なように、下にはナプキンが敷かれていた。何度か口を付けるも、物足りないような気分になる。

どうしてなのか？

体調の問題だろうかと考えていたら、心当たりが一点だけあった。

朝、マリーの魔力を含んだ水を飲んだ。濃い薔薇の香りがするその水が、美味しかったことを思いだす。たぶん、味や香りの問題ではない。彼女とリヒカル自身の魔力との相性がよかったために、美味しく感じたのだろう。これは、狼精霊の性質かもしれない。

だが、このようなことがありえるのか。一応、レナルドにも質問してみた。

『ねえ、レナルド。メレディスさんの魔力って感じたことがある？』

「メレディスの魔力か？　いや、ないな。匂《にお》いだったらわかるが」

『そういえば、前にメレディスさんが誘拐《ゆうかい》された時、匂いに魔力を通して捜し出したとか言っていたね』

「ああ。その力も、狼の姿の時だから自然とできたものだ。人の姿でやろうと思っても、難しいだろうな」

『なるほど』

そもそも、メレディスは魔法を使えない。そのため、比較できる問題ではなかったようだ。どうしたのかと聞かれ、今日マリーとの出来事を軽く語って聞かせた。

「案外、上手《うま》くやっているようだな」

『マリー嬢と僕が？』

「ああ。一日目からとんでもない事件を起こすかと思っていた」

『まあ……ね』

事件はすでに、昨晩のうちに起きている。人間の姿をマリーに見られたとは、とても言えない。普段からレナルドのことを迂闊《うかつ》だと指摘していたが、リヒカルもマリーに人の姿を見られた上に、魔法もバレてしまった。成果を出そうと周囲が見えなくなっていて、いろいろと迂闊《うかつ》になっていたのだ。

「とりあえず、世話係はそのまま続行で問題ないだろうか？」

『今のところはね』

「だったら、夕食の時にでも伝えておこう」

『お願い』

本日の仕事は終了した。リヒカルは私室へと戻る。

中に入った途端、薔薇の濃い香りがした。もしや、マリーが魔法を使ったのかと警戒したが、そうではなかった。

テーブルの上に、薔薇の入った花瓶が置かれていた。これらは、散歩中にマリーが摘《つ》んで集めた物である。リヒカルの部屋に飾るため、熱心に集めていたことが今この瞬間に明らかとなった。

じわりと、胸が熱くなる。この気持ちはなんなのか。よく、分からなかった。

その後、マリーは食事の用意をするためにやってくる。まだ慣れていないので警戒は解けていなかったが、朝よりはマシになっていた。

夕食後は風呂の時間だ。マリーはキャロルとイワンを伴い、入浴の手伝いをしてくれると言う。三人に囲まれた状態で、風呂に入ることになった。

リヒカルの入浴は実にシンプルだ。乳児用の浴槽《よくそう》に泡風呂《あわぶろ》を作り、その中でジャブジャブと洗ってもらう。

今日の泡風呂はマリーが作ったようだ。前足を浸けると、湯はいつもより冷えていた。初めての泡風呂作りだったので、手間取ったのだろう。狼は体温が高いので、問題はない。そのままザブンと浸かった。

「で、では。今から、洗ってあげるわね」

わんと鳴いて返事をしそうになったが、人の言葉が分かるのかと疑われたことを思いだして黙っておく。

マリーはじりじりと、リヒカルに接近した。顔が、強張《こわば》っている。普通の犬だったら、もっと怖がっていたかもしれない。そんな、張りつめた雰囲気《ふんいき》があった。

一歩、一歩と近づいて、距離を詰める。手が届く距離まで近づいたので、マリーはその場にしゃがみ込んだ。

キャロルが、マリーにブラシを手渡す。

「けっこう力を入れて梳《くしけず》っても、大丈夫ですよ」

「え、ええ。わかったわ」

ブラシを握った手が、震えていた。そこまでして頑張らなくてもいいのにと、リヒカルは内心思う。どうして、彼女はそこまで一生懸命なのか。

そんなことを考えているうちに、ブラシを持つ手が泡風呂の中に沈められた。

毛に、ブラシが当てられる。首筋から肩、背中と通過していったが、まったく力が入っていない。恐々《こわごわ》行っているので、このようになってしまうのだろう。

ブラシが何度か背中を往復したあと、今度は揉《も》み洗いをしなければならない。イワンから説明を受けたマリーは、目を丸くしている。

「も、揉み洗い、ですって？」

「はい。頑固な汚れを落とすように、力を入れても構わないそうです」

「が、頑固な汚れ、ね……」

なんとなく、リヒカル自身が頑固な汚れ扱いされたようで面白くない。イワンめと、恨みがましい視線を向けていたが、相手はしれっとしていてまったく気にも留めていなかった。

「マリーお嬢様、早くしないと、リヒカル様が風邪《かぜ》を引いてしまいます」

キャロルは遠慮することなく、マリーに指摘していた。たしかに、湯は冷めきっている。震えるほどではないが、冷えてきた。

「で、でしたら、追加でお湯を入れたほうがいいかもしれないわ。お風呂が冷えた時に、侍女《じじょ》が注いでくれたことがあって！」

マリーは急に立ち上がったが――その体は前に傾く。

「きゃっ！」

濡れた床で足を滑らせたようで、悲鳴を上げながらマリーの半身が浴槽の中へ飛び込んできた。水飛沫《みずしぶき》と、泡が宙を舞う。

「がぼがぼがぼ！」

『えっ、うわ、なんでこうなるのっ!?』

驚きのあまり、リヒカルは普通に喋《しゃべ》ってしまった。

マリーは上半身を浴槽に浸けたまま、溺《おぼ》れていた。すぐさまリヒカルは、額でマリーの頭を押し上げてやる。すると、イワンがマリーの首根っこを摑《つか》んで浴槽から救出した。

「げっほ！　げほげほ！」

キャロルがマリーにタオルを被《かぶ》せ、顔をガシガシと拭く。

マリーはそのまま、キャロルに連行されるように浴室から出て行った。

その後、イワンは何事もなかったかのように、無言でリヒカルを洗い始める。

なんというか、双子の連携ってすごい。リヒカルはそう思った。


瞬く間に太陽は沈み、月が夜闇に顔を出す。

今日はマリーのおかげで散々な一日だった。引きつり顔での給仕から始まり、マリー主導の散歩、転んで溺れる風呂と、盛りだくさんな内容で思いだせばどれも笑えてくる。

一生懸命なのに、それがすべて空回《からまわ》りしているようだ。

マリーは一見して我儘《わがまま》で気の強いお嬢様に見える。しかし実態は、ただ不器用なだけの少女だ。悪い娘ではない。賢いようだが、その頭脳の使いどころを間違っている残念な人のように思えた。

彼女を制御し、きちんと正しい道へ導く人がいたら、きっと立派な淑女《しゅくじょ》になるだろう。

マリーは花盛りではあるものの、宝石としてはまだ原石なのだ。

光り輝くか、原石のままくすんでしまうのかは、彼女次第である。

今度は、それを自分に置き換えてみる。リヒカルはどうありたいのか。

このまま、レナルドやメレディスと、楽しく暮らしていけたら申し分ない。ただ、心の奥底で引っかかりも覚える。このままで、いいのかと。

自らの中にある原石は、どうやって磨《みが》けばいいのかわからない。狼の姿では、できることも多くないからだ。

人の姿だったら、可能性が広がるのか？

レナルドのように、自分だけの花嫁を見つけることも可能となるのか？

その疑問には、誰も答えることはできない。

それに、もしも人の姿を保つ術があっても、何もできなかったり、運命の花嫁なんていなかったり、それがわかったら絶望してしまいやしないか。

リヒカルは、初めて気づく。

狼の姿であり続けることは、現実から目を逸《そ》らしている状態なのだと。

今まで、人化した自分と考えがズレていると感じることがあった。

しかし、リヒカルはリヒカルで、どちらも同じ存在だ。

人の姿を保てるようになって、家を出て行こうと考えていた。それも、逃げることと同義なのだ。

これから、どうすればいいのか。

カーテンを広げ、リヒカルの運命を翻弄《ほんろう》してくれる月を見上げる。

月に向かって吠えたら、すっきりするのか。

夜空に浮かぶ三日月は、リヒカルを挑発するようにニヤリと笑っていた。

『覚えてろよ』

と、そんな独り言を呟《つぶや》いていたら、庭に不自然な光が漂っていることに気づいた。露台《バルコニー》から覗《のぞ》き込めば、マリーであることがわかる。

『あれは、マリー・アシュレー・ウィルリントン？　いったい、何をしているんだ？』

昨日、一人で出歩くなと注意したのに、聞かずにまた出て行ってしまったようだ。

『まったく、なんてお転婆《てんば》な娘なんだ！』

もしかしたら風呂場で起きた一件で部屋に閉じこもり、塞《ふさ》ぎ込んでいるかもしれない。そう思っていたが、見当外れだったようだ。マリーは確かな足取りで、庭を突き進んでいた。

こうなったら、彼女にはおしおきが必要だろう。この先、一人で出歩くことがないように、徹底的に脅《おど》してやらなければ。

そう思ったリヒカルは、バルコニーから庭へ飛び出す。二階から地面への大跳躍であったが、リヒカルは難なく着地できた。

風を切って、マリーのあとを追う。庭に薔薇の花が咲き乱れていたが、彼女の香りは別格だ。すぐに、居場所がわかる。

マリーは昨日リヒカルと出会った広場に向かっていたようだ。

リヒカルは草陰に身を隠し、どのようにして驚かせようか考える。

まずは、大きな声を出してびっくりさせようと考えていたら、想定外の事態となった。

「妖精さん！　生意気な妖精さん！」

マリーが広場で、誰かを呼んでいたのだ。

生意気な妖精とはいったい……？

頭上に疑問符を浮かべていたが、続けて呼びかけられた言葉で誰を指しているのか明らかになった。

「銀の髪に黒い目の妖精さん、今日はいないの？」

妖精さんというのは、人の姿をしたリヒカルのことらしい。どうして妖精だと思ったのか、理解に苦しむ。

おそらく、メレディスからウルフスタン伯爵家の庭には妖精がいるとか、そういう類《たぐい》の話を聞いたから勘違いしたのだろう。

「ここにいるのは、わかっているんだから！」

その言葉に、心底驚く。すでにバレていたのか？

いいや、ありえない。気配遮断《しゃだん》には、自信があった。これで何度も、レナルドを驚かせてきたのだ。ただの小娘であるマリーが、気づくわけがなかった。

ということは、昨日この場で会ったので、無計画に呼びかけているということになる。

大丈夫、潜伏がバレているわけではない。それよりも気になるのは、「生意気な妖精さん」と呼びかけている件についてだ。

「怖気《おじけ》づいて、出てくることができないの？」

『そんなわけないでしょう!?』

「生意気な妖精さん、そこにいるの？」

『あ！』

つい、反応してしまった。煽《あお》り耐性のなさに、自分のことながらガックリしてしまう。

実をいえば、リヒカルの性格は月の満ち欠けによって変わるのだ。

性格のふり幅が最も大きくなるのは、新月の時だろう。常にイライラカリカリしている。

続いて、新月から数日間見られる繊月《せんげつ》の間は、最も人である時の性格に近い。

新月ほどではないが、毒舌《どくぜつ》になったり、厳しいことを言ったりする。

それから月が満ちるにつれて、リヒカルは陽気で穏やかになるのだ。満月の時のみ、優しく接しすぎてレナルドから警戒されてしまう。昔からリヒカルに振り回されている彼であるが、これだけは一向に慣れることはないようだ。

そんな事情があるので、今日のリヒカルはいつも以上に挑発に乗ってしまう。

「そこにいるのね！」

『待って。近寄らないで』

「どうして？」

『今日の僕は、昨日の姿と違う』

「違ったら、何か問題があるの？」

『え？　あ、え〜〜っと……』

狼の姿は絶対に見られてはならない。適当に理由を絞《しぼ》り出す。

『それは……そう！　若い娘の血肉を食べる、化け物だからさ』

「化け物だったら、どうしてすぐに襲わなかったの？」

『……』

そんな言い訳に、マリーは鋭く指摘をする。

「あなた、自分の今の姿を見られたくないんじゃないの？」

『……』

「黙っているってことは、そうなのね」

『……』

どうしてこうなったのか。リヒカルは心の中で頭を抱え込んだ。言い訳は大失敗だ。完膚《かんぷ》なきまで、見抜かれてしまった。

「別に、あなたがどんな姿でも構わないわ。私は今日の働きっぷりを報告しにきただけだから」

『働き？』

「そうよ！」

そっと、草陰の隙間《すきま》からマリーの姿を見る。片手に水晶杖《クリスタル・ロッド》を持ち、空いている手を腰に当てて胸を張り、堂々たる佇《たたず》まいでいた。

なんなの、あの誇らしげな様子は？

とても、浴室で滑って転び、浴槽の中で溺れかけたあと、キャロルに連行されるように姿を消した人には見えない。

吹き出しそうになりながらも、腹に力を入れて聞いてみた。

『へえ、どんなことをしたのか、教えてくれる？』

もしも、失敗を隠すような真似《まね》をしたら、チクチクと陰湿《いんしつ》に責めてやる。

そう思っていたが――。

「朝、リヒカル様に食事を持って行ったわ。怖くて、近づけなかったの。隙を見て、運んだわ」

『……そう』

隙があったのではない。隙を作ってやったのだ。

「次に、散歩に行ったわ。キャロルから、東屋《あずまや》に行ったら水を飲ませてあげるように言われていたんだけれど、ここでも怖くてリヒカル様に近寄れなかったのよ」

『それで、どうしたの？』

「その辺にあった鍬《くわ》で、水の入ったお皿を押し出してあげたわ」

どうして、そう自信満々に報告してくるのか。面白過ぎたが、笑って水を差すのも悪いと思って一生懸命耐えた。

「昼と夜の給仕も、朝と変わらない感じね」

『隙を見て、給仕したの?』

「ええ、そう。最後に、お風呂のお手伝いに行ったんだけれど――これは失敗してしまったの」

今日一日、全部失敗だっただろう!? そうツッコミたくて堪《たま》らなかったが、奥歯を噛《か》みしめてぐっと堪《こら》えた。

「濡れた床で滑って転んでしまって、リヒカル様の入った浴槽に突っ込んだのよ」

『そ、それで?』

「リヒカル様が、溺《おぼ》れていた私を助けてくださったの。命の恩人だわ」

『……』

リヒカルはマリーを軽く支えただけで、体を引っ張り出して救出したのはイワンだ。その認識は間違っている。しかし、今のリヒカルはただの聞き手なので、修正することはできない。

「明日からは、今日以上に誠心誠意、お世話しようと思って」

『そう』

「報告は以上よ」

再度、マリーの姿を確認する。どうだと言わんばかりの堂々たる態度だった。

『なんて言うか、君、すごく前向きだよね』

「あら、初めて言われたわ」

落ち込んでいるよりは、いいかもしれない。いや、悪いのか。どちらがいいのか、判断しかねる。

『それはそうと、君、昨晩言ったよね？　一人で出歩くんじゃないよって』

「ええ、わかっているわ。今晩は、一人じゃないもの」

『え？』

「みんなが、ついて来てくれているわ」

『みんな？』

マリーが背後を振り返ると、点々と淡い緑の光が輝く。妖精が、彼女の騎士《ナイト》を務めていたようだ。

『な、なんで、妖精が？』

「お願いしたの。庭の広場に行きたいから、一緒について来てくれって。そうしたら、こんなにたくさん」

数は百以上いそうだ。マリーを守るように、周囲をふわふわと漂っている。

信じられない。過去の記録を読んでも、このように妖精達が姿を現すなんてなかったはずだ。

彼女の何に惹《ひ》かれているのか考えたが、リヒカルは一つだけ思い当たる。それは、薔薇の香りがする魔力だ。庭の草木を世話する妖精は、自然と好ましく思うのかもしれない。

「これで、安心でしょう?」

『君が危機に陥《おちい》った時、彼らが守ってくれるかはわからないけれど』

「守ってくれるわ。きっと」

そんなマリーの言葉に、リヒカルはため息をついた。

「それで、あなたは今日もここで魔法を?」

『……』

屋敷を飛び出したマリーを脅しに来たのだが、見事に失敗していた。

「黙っているってことは、今日は別の目的で来ていたのね」

『なんとでも言えばいいよ』

もう、夜も遅い。明日頑張るのであれば、早く眠ったほうがいいと勧めた。

「それもそうね」

マリーは驚くほど素直に、踵《きびす》を返す。大人しく帰ると思いきや、一度振り返ってリヒカルへ声をかけてきた。

「あなたの名前は教えることができないそうだけれど、生意気な妖精さんと呼んでもいい?」

『ダメ』

「だったら、なんと呼べばいいの？」

『そもそも、妖精じゃないし』

「だったら、精霊？」

『……さあ？』

「返答が一拍遅れたわ。肯定と同じことよ」

『君さあ、いつもいつでもポンポンとテンポよく会話できると思わないほうがいいよ』

「いいえ、あなたはとっても頭がいい人だから、私の質問にはすぐに答えられるはずよ。それと、嘘をつけない人ってこともわかるわ。だから、答えられないってことは、認めたくないけれど正解ってことなの」

どうして、それがわかるのか。彼女の言うことが正論なだけに、何も言い返せない。

「その結論から言うと、あなたは精霊なのね！　アルザスセスの精霊といったら狼よね？　もしかして、あなたは今、狼の姿なの？」

鋭いにもほどがある。リヒカルはがっくりと項垂《うなだ》れた。

「私の前に出ることができないってことは、きっと、驚くほど大きな狼なのね」

この読みは外れだ。敢《あ》えて、沈黙しておく。

「それと、あなたが昨日発動させようとしていた魔法は――」

マリーはしゃがみ込むと、リヒカルが残した魔法陣に書かれた呪文を手でなぞる。

「魔力の抑制……？」

『ちょっと、触らないでもらえる？』

「待って。これ、このままでは発動されないわ」

『どういうこと？』

「魔法式の節が足りていないような気がする。ここ、第三の旋律の第七章のところ。ここはもっと複雑な形だったと思うわ」

魔法陣を見に行こうとしたが、狼の姿だったことを思いだし、出て行く寸前で立ち止まる。ガサガサと物音を鳴らし、自分はここにいると主張しただけで終わった。

だが、マリーはリヒカルの正体を暴こうとせず、熱心に魔法陣を見つめている。

「これ、あなたが作ったの？」

『いや、魔法の型板《テンプレート》を作ったのは僕の兄だが』

「ここまで魔法式を詰めたのは、あなただと」

『まあ、そうだね』

「そう」

マリーはリヒカルが放り投げていた蜂蜜《はちみつ》の白墨《チョーク》を拾い、地面にサラサラと書いている。だが、途中で手が止まり、眉間《みけん》にギュッと皺《しわ》を寄せていた。

「う～ん。魔法式の専門書があれば、なんとか解き明かせそうな気がするけれど」

『魔法式の専門書だったら、この家の書斎にあったような気がする』

「本当？」

『けれど、かなり難解で』

「文字は古代語？」

『もちろん』

「だったら、読めると思うわ」

マリーのあっけらかんとした返事に、リヒカルは言葉を失った。なぜ、古代語を読めるのか。

『君、なんでそういうことを習得しているの？』

「私の家、ウィルリントン公爵家は魔法使いの末裔《まつえい》だったの」

長い間魔法は封じられていたらしいが、マリーの父親が趣味で魔法の研究を始めたらしい。

「父の魔法を、私は隣で見ていたの。寝物語は、古代語の神話だったわ」

『どんな家庭なんだ』

「でも、私もお父様も、魔法にすべてを捧げていたわけではないのよ」

魔法の研究をすることには、条件があった。

「まずは、社交界の付き合いを完璧《かんぺき》にこなすこと」

そのために、マリーは皆の模範となるような完璧な令嬢を演じていた。おかげで、第三王子と婚約までする事ができた。

「でも、そういうのって、どこかでボロがでるのよね」

　マリーは王家の魔法書狙いの結婚なのではと、第三王子に責められ婚約破棄されてしまったと語る。

「その場しのぎに、嘘をつくことは簡単だった。でも、私は魔法を馬鹿にされて、我慢できなかった」

　マリーが演じていた完璧な令嬢の仮面は、その時に剥《は》がれ落ちてしまったのだろう。

『よかったじゃん』

「え?」

『そういう価値観の違いって、どう頑張ったって理解できないから。結婚前にわかって、むしろ助かったんじゃない?』

「で、でも、私は、恵まれた環境の中で育ててもらったのに、貴族女性としての務めを、果たせなかったって」

『あのね、みんながみんな、そう上手《うま》く立ち回れるとは限らないんだよ。君の失敗で、公爵家が傾くわけではないんだろう?』

「それは……そうだけれど」

　マリーには二人の兄と姉がいるらしい。優秀な兄と姉は、良縁を結んで幸せに暮らしているようだ。

『それに、この地で頑張るんだろう？　良縁だって、どこに転がっているかわからないし。諦めるのはまだ早いよ』

「そう、思う？」

『思う』

マリーが急に黙り込んだので、どうしたのかと隙間《すきま》から確認する。

『えっ!?』

なんと、マリーは泣いていたのだ。

『な、なんで泣くのさ？』

「なんだか、安心して……」

『は？』

「ずっと、私は間違っていたんじゃないかって、思っていて」

『間違いはあるかもしれないけれど、それでも君だけの人生なんだ。自分が選んだことは良いことも悪いことも、なんでも全部正解に決まっている』

「あ、ありがとう……」

泣いているマリーを励《はげ》ますように、妖精達が周囲を取り囲んでいた。数が、先ほどよりも大幅に増えている。

「ご、ごめんなさい。もう、帰るわ」

『早く寝て、明日に備えるといいよ』

「そうね」

水晶杖《クリスタル・ロッド》をついて立ち上がり、そのままこの場を去ろうとしたマリーに、リヒカルは声をかける。

『あ、魔法書の閲覧《えつらん》は、レナルドに言えば許可をだしてくれると思う』

「ええ、わかったわ。ありがとう」

今度こそ、マリーは屋敷のほうへと戻っていく。大量の妖精を従えて。その姿は、人ならざる存在《もの》のようだと思う。正真正銘《しょうしんしょうめい》、ただの少女であるのだが。

否《いな》、魔法が原因で婚約破棄されるなど、普通の少女ではない。

メレディスは王都で『薬草令嬢』と呼ばれていたが、マリーはさしずめ『魔法令嬢』といったところか。

類は友を呼ぶと言うが、ここまで似た者を引き寄せるとは。縁とは不思議なものだと思う。

草陰から出て、広場へ足を踏み入れる。

リヒカルが描いた魔法陣の隣に、マリーの魔法式が書かれてあった。

『こ、これは……！』

精密な魔法式だった。何も見ずにこれを書いたとしたら、彼女はかなり魔法についての造詣《ぞうけい》が深いことになる。

マリー・アシュレー・ウィルリントン。魔法使いの末裔であり、歴史ある公爵家の令嬢でもある。

先ほどの話を聞いていなければ、警戒を深めていただろう。

彼女の実態は品行方正な貴族女性で、どこまでも真面目《まじめ》で賢く前向きで、そして、たまにやる気が空回《からまわ》りすることがある残念少女だ。

魔法についてはは懸念《けねん》要素であるものの、それに関しては能力が気がかりなのではない。魔法に関するこだわりが、彼女を暴走させるのではないかという不安だ。

しかし、ここは魔法と深いかかわりがある土地アルザスセスだ。さらに、マリーの傍にはメレディスや妖精がいる。彼女の心を守る存在《もの》が傍にいるのだ。

心配することは、何もない。

リヒカルはそう分析していた。

◇◇◇

翌日。マリーは日の出と共に目を覚ます。朝日は地平線を赤く染め、夜闇を空高い彼方《かなた》へと押し上げる。

カーテンの隙間から、太陽の光が差し込んでいた。朝がやって来たのだ。

実家にいる頃だったら、侍女《じじょ》がカーテンを開き、目覚めの一杯《アーリー・モーニングティー》を差し出されていただろう。

しかし、ここにマリー専属の侍女はいない。

マリーは起き上がって体を猫のように伸ばし寝台から降りると、カーテンを勢いよく開いた。

本日は晴天。気持ちのいい朝だ。

昨日はいろいろあったが、収穫も多かった。

一番は、庭で妖精や精霊と仲良くなったこと。それに、自分の人生はまだまだこれからだと気づくことができた。

エプロンドレスに着替え、今日も一日頑張ろうと気合を入れる。


朝、身支度《みじたく》を整えたマリーは、住み込みで働いている使用人一家と食事をする。

家長で家令を務めるハワードは、マリーを歓迎してくれた。

「しかし、旦那様《だんなさま》や奥様とご一緒されなくてもいいのですか？」

「ええ。私は居候《いそうろう》の身ですもの。早く食事を摂《と》って、働かなければならないわ」

「ご立派ですねえ」

感心しているのは、ハワードの妻で料理長を務めるネネ。彼女の料理の腕は抜群《ばつぐん》だ。食卓に並んだ朝食も、シンプルながらどれも美味《おい》しい。

喋ることなく黙々と料理を食べているのは、ハワードとネネの子ども達。

侍女を務める姉のキャロルに、従僕を務める弟のイワン。年は二十歳《はたち》で双子だという。二人共落ち着いているので、年齢よりも年上に見えた。

昨日も、風呂場で溺《おぼ》れかけた時、キャロルとイワンに助けてもらった。二人が仕事を引き継いでくれたおかげで、リヒカルは風邪《かぜ》を引かずに済んだらしい。感謝してもし尽くせない。

朝食後は、リヒカルの食事を私室に運ぶ。今日はキャロルが付き添ってくれた。

ワゴンには一口大にカットされたパンと、カボチャのポタージュ、炒《い》り卵に、厚切りベーコンと、犬の食事にしては豪華な品々が並んでいる。

ネネにも話を聞いたのだが、これはリヒカル用に作られた減塩メニューらしい。そのため、心配することはないと。

そして、一輪挿しにあるオトギリソウは、先ほど庭で摘《つ》んできたものだ。黄色く可憐《かれん》な花を咲かせている。

リヒカルの部屋の扉を叩こうとしたら自動的に開き、たたらを踏みながら部屋に入ってしまった。

「わっと……、あら、リヒカル様、おはようございます」

屋敷の中でも広い部屋を与えられた犬のリヒカルが、突然入ってきたマリーを見上げている。尻尾《しっぽ》を振っているので、歓迎されているようだ。

昨日の朝は怖くてたまらなかったが、今日はそんなに怖くない。

それは、リヒカルがマリーと一定の距離を取ってくれているからだろう。

リヒカル専用の食卓に新しいテーブルクロスを敷き、料理を並べていく。準備が終わり、マリーが離れると、リヒカルがやって来て食べ始める。

空腹なのか、尻尾をぶんぶん振りながら食べていた。しかし、昨日の水同様、ポタージュは食べにくそうだ。

「そうだ。リヒカル様、スープも食べやすいようにしましょうか？」

そう話しかけると、リヒカルはマリーを見て、数歩下がった。やはり、人の言葉が分かるように思える。

犬の知能は、三歳児と同じくらいであると言われている。もしかしたら、リヒカルはそれ以上の知能を持ち合わせているように思えた。

とりあえず、今は魔法でスープを固体にしなくては。そう思い、しゃがみ込む。

ポタージュ用の生クリームを垂らして魔法陣を描き、呪文を唱えた。すると、ポタージュは皿から球体となって浮かび上がる。

続いて、飲み水も同じように魔法を施《ほどこ》した。今度は皿の縁に蜂蜜《はちみつ》で魔法陣を描いたのだ。

マリーが離れると、リヒカルは食卓に近づいて食事を再開させる。

ポタージュをパクリと食べると、尻尾を振って大いに喜んでいるように見えた。

その後、リヒカルの散歩に付き合って、別行動となる。

レナルドは愛犬リヒカルを溺愛《できあい》しているようで、仕事中は傍に置いて離さないらしい。

マリーはメレディスと共に庭に出て、自慢の薬草園を案内してもらう。

月光の下にある庭は幻想的だったが、陽光の下にある庭は植物の緑が溌剌《はつらつ》として気持ちがい
い。

メレディスと並んで歩き、庭を堪能《たんのう》する。

「マリーさん、ここでの暮らしはどうですか？　何か、不自由はしていませんか？」

「ええ。とっても楽しく過ごしているわ」

「よかった」

メレディスの薬草園はそこまで広くない。自分で世話ができるささやかな規模の薬草を、大事に育てているようだ。

続いて、広い庭を案内してもらった。今は薔薇が見ごろだが、それ以外にも美しい花が咲き誇っている。

庭に植えられているのは草花だけではない。さまざまな種類の木も植えられていた。

「木は、蛇が巻き付いていることがあるので、気をつけてくださいね」

「そ、そうなのね」

意外なことに、メレディスは蛇が平気らしい。木の葉を採取していたら、たまに出会うこともあるのだとか。

「毒蛇は注意が必要ですが、街に近い場所には出ないので。もちろん、油断は人敵ですが」

「私は、蛇は毒があってもなくても、苦手だわ」

「もしも出会ってしまった時は、レナルド様かリヒカル様を呼んでみてください。きっと、飛んで来て、助けてくれるはずです」

「まあ、素敵」

そんな話をしながら、庭を歩いているとマリーが知っている木を発見した。

「あ、あれは、ニワトコの木じゃない？」

「よくご存じですね」

「ええ。あれは魔除《まよ》けの力があって、杖《つえ》作りによく使われているのよ」

「そうなのですね！　杖を作る木なんて、童話の世界のようです」

「でも、杖を作る技術は、現代では失われているの。大昔は、杖作り職人がたくさんいたらしいけれど」

今残っている杖の数々は、骨董品《アンティーク》だ。その多くは、芸術品として貴族の邸宅などに飾られている。

「魔法使いの家では、子どもが生まれるとニワトコの木を植えるの。それで、一人前の魔法使いになったら、木を切り倒して一本の杖を作るのよ」

「この木も、誰かのためのニワトコの木だったのでしょうか？」

「かもしれないわね。使われなかった木って、ちょっと寂しい気もするけれど」

「大丈夫ですよ。ニワトコの枝葉と花には、薬効があるのです」

「え、そうなの？」

古くより、『庶民《しょみん》の薬箱』と呼ばれるほど、薬効が高い木だったようだ。

「葉は打ち身に効果があり、実は冷え性に効果があります。他にも、薬草茶にしたり、軟膏《なんこう》を作ったり、さまざまな薬が作られるのですよ」

春に花を、初夏に実を、秋には葉を収穫し、メレディスはせっせと茶や果実酒などを作ったようだ。ウルフスタン伯爵家では、大活躍をしている木らしい。

「そうだったのね」

ニワトコの木を見かけるたびに切ない気持ちになっていたが、きちんと人の役に立っていたと分かって嬉しくなる。

村にある塔《とう》の鐘が鳴った。正午を知らせるものだ。

「さて、メレディスさん、戻りましょうか」

「ええ」

別れる前に、メレディスに質問があったことを思いだす。

「あ、そうだ。書斎に魔法書があるって聞いたんだけど、ご存じ？」

「はい。以前、レナルド様に聞いたことがあります。亡くなったお父様が使っていた部屋だそうで」

「読みたいのだけれど、許可ってもらえるかしら?」

「昼食の時に、聞いておきますね」

「ありがとう」

「ハワードさんから聞いたのですか?」

「いいえ、違うわ。……実は、内緒のお話なんだけれど」

そう前置きすると、メレディスの表情は引き締まる。マリーはそっと、メレディスの耳元で囁《ささや》いた。

「ここの庭には、狼の精霊がいるの」

「!?」

そう言った瞬間メレディスはこぼれそうなほど目を見開き、大きく肩を揺らして驚いていた。

「びっくりさせてごめんなさい。私は人の姿しか見たことがないのだけれど、普段は狼の姿をしていて、どこかに潜んでいるらしいわ」

「そ、そうなのですね」

「ええ。その精霊から、魔法書について聞いたの」

このことは内緒だと、念押ししておく。精霊とそういう約束は交わしていないが、こういうことは口外しないほうがいい。優秀な魔法使いは無口だと言われているからだ。

「メレディスさん、大丈夫？　少しだけ、顔色が悪いようだけれど」

「え、ええ。平気です」

「家で休んだほうがいいわ」

「そ、そうしますね。レナルド様には、その、魔法書の閲覧《えつらん》について、聞いておきますので」

「急ぎではないから」

「わかりました」

メレディスを私室まで送り、マリーはリヒカルに昼食を持って行った。

昼からは手持《ても》ち無沙汰《ぶさた》となるので、仕事を探して回る。

ウルフスタン伯爵家はどこもピカピカで、埃《ほこり》一つ落ちていない。庭も、落ち葉の一枚たりともなかった。

ハワードに何か仕事がないかと聞いたところ、もうすぐ商人がやって来るので品物の検品をするように頼まれた。

「検品は二件分あるのですが、大丈夫ですか？」

「ええ、任せて」

十五分後、裏口から商人が訪問してくる。女性の商人で、年頃はネネと同じくらいだった。

「では、確認しますね。こちらが絨毯《じゅうたん》、布、針、花の種に、オリーブオイル。それから、こちらがリヒカル様の熱望していた本ですね」

そう言って、本が手渡される。ずっしりと重く、何かの参考書のように見えた。

「リヒカル様……？」

「ええ。病床では、できることが限られていますからね。大変希少な本で探すのに苦労したのですが、頑張って入手しましたよ」

理解できない内容の話に、マリーは首を傾《かし》げる。犬のリヒカルが、どうやって本を読むのか。

それに、病床とはいったい？

ハワードから受け取った発注書の写しには、商人から受け取った本の題名が書かれていた。

「以上で間違いないでしょうか？」

「ええ、問題ないわ」

「では、失礼いたします」

裏口の扉が閉まったあと、マリーは手に持ったままの本に視線を落とす。

タイトルには『経済学・応用編』とある。表紙は偽物《フェイク》ではない。中にはぎっしりと、経済に関する知識が書き込まれていた。

商人の口ぶりでは、この家にリヒカルという名を持つ病人がいるように聞こえた。

いったいどういうことなのか考える暇もなく、次の商人がやって来る。今度は、筋骨隆々とした六十代くらいの老人だった。

検品は滞《とどこお》りなく進んでいくが、マリーは自身の中にあるモヤモヤに耐えきれずに商人へ質問した。

「あの、ちょっといい？」

「なんでしょう？」

「あなたは、この家との付き合いは長いの？」

「ええ、現当主様のお爺様《じいさま》からの付き合いでございます」

「そう。だったら聞きたいのだけれど、私、この家に来たばかりで、わからないことがあって」

「はあ」

「その、リヒカル様ってご存じ？」

「リヒカルお坊ちゃまですか？　ええ、存じておりますよ」

「！」

やはり、ウルフスタン伯爵家の屋敷には、もう一人住人がいるようだ。

「私も、リヒカル様が五歳か六歳の頃に、一度だけ見ただけなんですけれどね。とても、綺麗《きれい》な顔をしたお子様でした。それはもう、人ならざる存在《もの》のような……」

あまりにも美しいので、当時当主だったリヒカルの父が隠していたのではという噂話《うわさばなし》もあったらしい。

「しかし、そんなわけもなく、リヒカル様がご病気であることが明らかになったのは、お父君であるレイド様が亡くなり、ご長男であるジルベール様が当主となってからでした」

レナルドの父親であるジルベールは、弟であるリヒカルを実の息子のように育てていたらしい。しかし、病気は悪くなる一方で、家から出ることができないほどだったようだ。

「感染症のあるご病気のようで本人の希望もあり、お屋敷の誰も立ち入れないような部屋で、隠れるように暮らしているとか」

「そう」

一時期は危篤《きとく》状態にもなり、家族が悲しんだものだから、リヒカルは商人に犬を買ってくるように頼み込み、自分の名前を付けて代わりに愛するように頼んだのだとか。

「そ、そんな事情があったのね」

「ええ、ええ。美人薄命と言いますか、本当に、お気の毒で……。リヒカル様の話題は口にするのも胸が裂けるほどお辛《つら》いようなので、私共も聞くに聞けず……」

そういえば晩餐会《ばんさんかい》の時、なんとなくメレディスとレナルドの表情が、影を落としているように見えたことがあった。おそらく、リヒカルを想って胸を痛めているのかもしれない。

もしかしたら、レナルドは『薬草令嬢』であるメレディスに、リヒカルの治療ができないか助けの手を求めたのだろうか。しかし、彼女の知る知識では治せなかったと。そうだとしたら、切なすぎる。

「すみません、この話は聞かなかったことにしてください」

「ええ、わかっているわ」

これは、ウルフスタン家の問題だ。マリーは居候《いそうろう》の身。メレディスが何か言ってこない限り、触れないことにした。

◇◇◇

夜、リヒカルは一人で露台《バルコニー》を見下ろしていた。しばらく庭を眺めていたら、一斉に緑の光が点滅しだす。マリーが庭にやって来たのだ。

彼女の言う通り、庭の妖精は騎士《ナイト》を務めているようだ。守るように、周囲を漂っている。

マリーは早足で庭を横切り、あっという間に広場に到着していた。目を凝《こ》らすと、何か言っているように見える。耳を動かし、マリーの言葉を拾った。

——狼の精霊様！　今日はいないの？

はあ～っとため息がでてしまった。マリーは今宵《こよい》もリヒカルと話をすることを望んでいるようだ。

待っていることに気づいてしまった以上、見なかった振りはできない。リヒカルは今日も露台から庭に降りて、広場に向かうことにした。

「精霊様、狼の精霊様、今日はいらっしゃらないの？」

『毎日いるわけじゃないんだけど！』

「精霊様！」

　マリーはリヒカルの声が聞こえた方向に、一冊の本を向けながら話しかけてくる。

「ウルフスタン伯爵様から、魔法書を借りることができたわ」

『そう』

「たぶん、ここのページの式を当てはめて、再構築することができそうなの」

　マリーはしゃがみ込み、魔法式を白墨《チョーク》で書き始める。

「……あの、精霊様」

『何？』

「精霊様は、ウルフスタン伯爵家の方々について、ご存じ？」

『まあ、だいたいは』

「だったら、病を患《わずら》っているリヒカル様は知っているわよね？」

　リヒカルはヒュッと息を吸い込む。まさか、人の姿の時の話題を振られるとは、夢にも思っていなかったのだ。

　人の姿をしているリヒカルは、病弱で人前にでることができないという設定になっている。

　領民もそれを知っていて、敢《あ》えて触れないようにしているのだ。

『それ、誰から聞いたの？』

「出入りしている老齢の商人よ」

遅かれ早かれ、誰かから聞いていただろう。仕方がない話だった。

「よほど、容態は悪いのね。もしかして、この魔法は人のリヒカル様のためのものなの？」

『どうしてそう思う？』

「だって、精霊であるあなたは、魔力を抑制するなんて必要がないことでしょう？」

『残念ながら外れ』

「だったら、何のために？」

『それは——』

人の姿になって、リヒカルも自分の人生を切り開きたいから。

そのことを、言おうかどうか迷っていたら、突然マリーの前に黒い影が飛び出てきた。

「え？」

『なっ!?』

それは、全長一メートル半ほどの——黒狼《こくろう》だった。レナルドはもう一回り大きい。それに、狼の姿でマリーの前には現れないだろう。

黒狼はマリーに急接近したかと思えば、手の甲をペロリと舐《な》めた。

『良い匂《にお》いを漂わせていたのは、やっぱりお前だな？』

喋《しゃべ》り始めたのと同時に、マリーは絶叫した。

「きゃ～～～～っ！」

驚いて叫び、動けないでいる。彼女は大きな犬が苦手なのだ。

リヒカルは突然現れた狼を目にして、ありえないと叫びたくなる。これまで努力して、怖がらせないようにしていたのに台無しだ。

「や、やだ……、こ、来ないで！」

『ん？　どうした？』

「やだ、やだ……」

『マリー・アシュレー・ウィルリントン、その場に蹲《うずくま》ってて!!』

イチかバチかの指示だったが、マリーは素直に従った。彼女が身を低くしたのと同時に、リヒカルは低く唸《うな》りながら黒狼に飛びかかった。

『グルルルル!!』

『ウワ〜〜ッ！』

黒狼はリヒカルよりも一回り大きい。しかし、攻撃されることは想定外だったようで、その体は吹き飛ばされる。リヒカルは黒狼の首筋に噛《か》みついた。

『ギャア！』

黒い狼と灰色の狼はぐるぐると庭を転がり回る。土煙を巻き上げながら、二頭の狼は離れずに組《く》んず解《ほぐ》れつのまま。

転がる狼達は、すらりと伸びたニワトコの木にぶつかった。

『ウオッ！』

『んっ！』

リヒカルは食らいついた首根っこを離さない。牙を立て、全力で噛む。しかし、毛皮が厚いからか黒狼にはまったく効いていなかった。

『オッ、この匂いは、やっぱりリヒカルだな！　久々だな〜、大きくなって！』

『ウウ……！』

『威嚇《いかく》すんなよ、俺だよ、俺』

『グルルルル……！』

『いっちょ前に唸りやがって、お兄ちゃんを忘れたのか？』

『ガルルルル……！』

攻撃は相手に効果がないとわかり、離した。が、本日二度目の想定外の事態となる。

「野蛮《やばん》な狼！　リ、リヒカル様から、離れて――！」

『え!?』

『ウン？』

いつの間にか接近していたマリーが、水晶杖《クリスタル・ロッド》を振り上げて黒狼の脳天に一撃お見舞いしたのだ。

『グッ、グハ〜〜!!　み、見事な一撃な……り……』

黒狼はバタリと倒れ、動かなくなった。

「え、狼が喋った⁉」

『……』

「ってことは、あれは普通の狼じゃなくて、狼精霊なの⁉」

先ほどとは打って変わって威勢よく登場したマリーであったが、今は激しく狼狽《ろうばい》している。

オロオロして、どうしていいのかわからない様子だった。

「も、もしかして、死んじゃった？　ど、どうしよう！」

黒狼に近寄って、生死を確認したいけれど、怖いからできない。その場で右往左往《うおうさおう》していた。

混乱したマリーは、頭を抱えて膝から崩れ落ちる。

「うっ……こ、こんなつもりじゃ……！　精霊様を殺してしまうなんて！」

再度何かに気づいたマリーは、ハッとなる。

「もしかして、あの狼が、私がずっとお話ししていた精霊様なの？」

『それは違うっ！』

「え？」

マリーはリヒカルのほうを見て、目が点となる。

「リヒカル様も、今、喋った？」

『君と今まで喋っていたのは、この僕だ。そこの間抜けな狼ではない』

「う、嘘?」

『嘘じゃない。マリー・アシュレー・ウィルリントン、君は、第三王子に婚約破棄《はき》されて、ここに来たんだろう?』

「あ!」

マリーがピンときたところで、遠くから新たな気配を感じる。

『リヒカル、どうしたー!』

本日三頭目の黒狼、レナルドが現れたのだ。

「きゃあっ!」

『うわっ、ちょっと!』

大きな黒狼を見たマリーは悲鳴をあげ、リヒカルに抱きついた。

「な、なんなの、あれは!」

『待って、説明するから、離れ……』

『あ、いや、すまん。お楽しみだったようで』

『そう思える君の理解力が羨《うらや》ましいよ』

さらなる大きな黒狼の登場に、マリーは涙目となって叫んだ。

「な、なんでこんなにたくさん狼精霊がいるの〜〜!!」

「マリーさん!」

メレディスもやって来たようだ。すぐに、マリーに寄り添う。

大の字になって倒れる黒狼に、駆け付けた甥《おい》夫婦、怯《おび》えるマリー。状況は混沌《カオス》としかいいようがない。

『も〜っ、どうしてこうなったんだよ！』

その疑問に答えられる者は、この場に一人としていなかった。

◇◇◇

ニヤリとほくそ笑むような月夜が浮かぶ夜、ウルフスタン伯爵家の居間の灯りは再び点された。

皆、神妙な顔をしながら座っている。

上座にいるのは、全長二メートルほどの黒狼レナルド。斜め前に座るのはリヒカル。

そして、一番離れた場所に座るのは、全長一メートル半ほどの謎の黒狼。

脳天を水晶杖《クリスタル・ロッド》で叩かれたが、幸いなことに怪我《けが》はしていなかった。たんこぶすらできていない。おそらく、杖《つえ》にこもったマリーの魔力の波動を受けて、失神してしまったのだろう。

一方、マリーは動転していたので、席を外してもらっている。メレディスにはそんな彼女を介抱してもらっていた。

いったいどうしてこんなことになったのか。不法侵入の黒狼をリヒカルはジロリと睨《にら》んだ。

『リヒカル、叔父上《おじうえ》をそう睨むな』

『だってこいつ、マリーを驚かせた上に、勝手に舐めたんだ！』

『仕方ないだろう？　良い匂いがしたんだから』

『良い匂いがしたからって、了承なくそんなことをするヤツは、ただの犬と同じだ』

『辛辣《しんらつ》だな〜。昔は「ヴィートお兄ちゃま」なんて呼んだりして、可愛《かわい》かったのに』

『は!?』

ヴィートといえば、六つ年上のリヒカルの兄だ。その昔、父親と大喧嘩して、勘当《かんどう》されていたと聞いている。リヒカルの記憶にない兄だった。

『レナルド、この人、本当にヴィートなの？』

『ああ、そうだ。ヴィート・ウルフスタン。私の叔父上であり、リヒカルの兄上だ』

『俺と最後に接したのは、リヒカルが三歳の時だから、覚えちゃいないだろうなあ』

『父上は、当時まだ九歳のヴィートを勘当したっていうの？』

『勘当というか、騎士隊に預けられただけだ』

九歳になったばかりのヴィートはアルザスセスから離れ、騎士見習いから正騎士となり、地方で小隊の隊長職に就《つ》いていたようだ。

『それで、何をしにきたの？』

『アルザスセスに騎士隊を作ろうと思って。もちろん、上から許可は取っている』

『は？』

リヒカルはレナルドを見る。しかし、その目は知っていたようには見えない。

『叔父上、それはどういうことなのか？　アルザスセスには、黒狼隊がある。騎士隊など、不要だ』

『ああ、そうだ。黒狼隊を吸収して、騎士隊を作ろうと思っているんだ。そうすれば、黒狼隊の予算をウルフスタン伯爵家で負担せずに済む。それに、装備や設備も見直して、給料も上がるからいいこと尽くめだろう？』

『……』

『……』

突拍子のない話かと思っていたが、一応筋は通っていた。ただ問題は、黒狼隊は領民の有志の集まりで、皆職業があるということ。

『いや、他に仕事をしていても、いいんじゃねえ？　今までいたところも、農作業を手伝っていたし』

『……』

『……』

どうやら、悪い話ではないようだ。あとは、当主であるレナルドと話し合ってほしい。

『ってことは、ヴィートはここで暮らすってこと？』

『そうだ。そろそろ、結婚もしなければならないからな』

どうやら、ここで新しい生活を始めるようだ。頭痛の種が増えそうで、リヒカルはため息を落とす。

『そういえば、あのカワイ子ちゃん、リヒカルの婚約者なのか？』

『カワイ子ちゃんって、マリーのこと？』

『そう！』

『別に、僕の婚約者ではないけれど』

『だったら、俺がもらおうかな』

『それはダメ！』

『え、なんで？』

『……』

特に理由は浮かばないが、マリーがヴィートの花嫁になることは嫌だと思う。この気持ちをなんと説明しようかと探していると、レナルドが助け船を出してくれた。

『叔父上、すまない。マリー嬢はウィルリントン公爵家の娘で、花嫁修業をするために預かっているのだ』

『ウ、ウィルリントン公爵家だと!?　あの、エリオット・ジョーンズ・ウィルリントンの妹だというのか!?』

どうやらヴィートは、マリーの兄と顔見知りだったらしい。

『冷徹鬼畜野郎に、あのような可憐《かれん》な妹がいたとは……』

ヴィートは『ナイナイ、あいつと親戚《しんせき》になることなど、絶対にありえない』と呟《つぶや》いている。

あまり仲はよくないようだ。それが抑止力になりそうで、おそらくマリーにも手を出さないだろう。

『マリーは犬が苦手なんだ。だから、夜はなるべく近寄らないでほしい』

『いやいや、夜じゃなくても、ウィルリントン公爵家の人間には近寄らない』

『だったらいいけれど』

とりあえず、ウルフスタン伯爵家の鉄則である、『花嫁以外に狼化の話をしてはいけない』を硬く守るため、マリーに詳しい事情は話さないことにした。

ヴィートは、明日の昼頃、何食わぬ顔でやって来るということで話がついた。

第四章　魔法令嬢ともふもふの美少年の、二人だけの花

「うっ……」

カーテンの隙間《すきま》から容赦《ようしや》ない朝陽が差し込んでいた。一気に覚醒《かくせい》したマリーは、ガバリと起き上がる。

寝起きとは思えないような速さで寝台から飛び降りると、カーテンを開いた。太陽は、すでに高い位置にある。

「やだ、私ったら、寝坊を……！」

慌てて寝間着を脱ぎ、仕着せのエプロンドレスに着替える。髪型はきちんと編み込みたかったけれど、いかんせん時間がない。シンプルに、高い位置で結ぶだけにしておいた。顔を洗い、軽く化粧《けしよう》をする。

三十分で身支度《みじたく》を終えたマリーは、部屋から飛び出していった。

「お、おはようございます！」

休憩所には誰もいなかったので、厨房《ちゆうぼう》に行ったらネネがいた。

「あら、おはようございます」

「あ、あの、リヒカル様のお食事は？」

「イワンが持って行きました。大丈夫ですよ」

やはり、もう遅かったのだ。がっくりと項垂《うなだ》れる。朝食の予定時間から、二時間も経過していたのだ。

「すみません、寝坊してしまい」

「誰にでも、失敗はありますので。気にするなとは言いませんが、次からきちんとすればいいですよ」

「ありがとう」

リヒカルは散歩から戻り、私室で寛《くつろ》いでいるらしい。茶を持って行くように頼まれた。

厨房から、甘い香りが漂っていたのだ。どうやら、菓子を焼いているらしい。

「あ、あの」

「はい？」

「私が淹《い》れてもいい？」

「もちろんですとも。リヒカル様もお喜びになるはずです」

茶の淹れ方は、孤児院で習った。その後、公爵家の侍女《じじょ》にも習ったので、問題はないはずだ。

「ただ、ウルフスタン伯爵家の家族用のお茶は、すべて奥様が作った薬草茶になりますので、淹れ方を教えますね」

「ありがとう」

薬草茶の棚《たな》には、透明な瓶《びん》に入った茶が五十本ほど並べられていた。薬草名が書かれたラベルが貼られているが、どれがいいのかまったくわからない。

「奥様はご家族の体調によって、適した薬草の茶を淹れていらっしゃいます」

「そうなの」

さすが、薬草令嬢だ。今は結婚しているので、薬草婦人なのか。

瓶の底に薬効が書かれているようだ。マリーは目の前にあった、カモミールの茶葉を手に取る。底には『神経痛・不眠』と書かれていた。

「今日のリヒカル様はどんな感じでした？」

「お昼からお客様がいらっしゃるようで、緊張されているように見えました」

「だったら、リラックス効果のあるお茶がいいわね」

ネネと探した結果、気分を晴れやかにしてくれるメリッサという茶葉で淹れることに決めた。

「そういえば、ネネ、あなた達もリヒカル様の秘密は知っていたの？」

「ええ、まあ」

そうでもなければ、仕えることはできないだろう。でないと、マリーがした失敗のようなことが起きてしまう。

「実は、リヒカル様はティーカップでお茶を飲むのが好きで」

「そうだったの？」

ここ数日は、マリーに不審がられないように深皿を使って飲んでいたらしい。

「今日は、素敵なカップを選んで差し上げてください」

「ええ、そうするわ」

ティーカップが並べられた棚は、二つあった。美しいカップが、所狭しと並べられている。

「それにしても、この家の茶器は見事ね」

「ええ。先代の奥様が、蒐集家《しゆうしゆうか》だったようで」

ティーカップは陶器《とうき》製でなく、磁器《じき》ばかり。そこに、こだわっていたのだろう。

磁器はすべて異国からの輸入品である。まだ、製法などが伝わっていないのだ。そのため、マリーの実家でも、磁器のティーカップは特別な客をもてなす時のみ使われていた。

クロッカスのフラワーハンドルの珍しいものから、アルザスセスに似た田園風景を美しく描いたものなど、種類は多々あった。

その中でマリーが選んだのは、星空が描かれた青磁《せいじ》のカップ。リヒカルは夜のイメージが強いので、ぴったりだと思った。

「あ、そのカップ。面白いんですよ」

カップの底に細工がしてあって、少しだけ茶を残すと、三日月が浮かんで見えるようになるのだとか。

「まあ、素敵ね」

「お二つあるので、ご一緒されてみては？」

「私が、リヒカル様と？」

「はい」

「いいのかしら？」

「いいですよ。私が許可します」

ネネが胸を張って言うので、マリーは笑ってしまう。

「では、お言葉に甘えることにするわ」

湯を沸かし、茶の用意をする。

「まず、カップとポットをお湯で温めて、しばらく経ったら捨てます」

続いて、茶葉を入れる。

「紅茶は一杯につきティースプーン一杯を入れますが、メリッサはスプーン一杯でも十分に香りも味も出るでしょう」

そんなわけなので、ポットには一杯の茶葉を入れて湯を注いだあと、しばし蒸らす。

「あ、お菓子もいい感じに焼けました」

ネネは胡桃《くるみ》のクッキーを焼いていたようだ。それも皿に盛りつけ、ティーワゴンに載せてくれる。

「あ、そうそう。サンドイッチも作っていたんだ。これは、朝食代わりに」

「ありがとう」

背中を押され、マリーはリヒカルの部屋に向かった。

一歩、一歩と近づくにつれ、胸がドキドキと高鳴る。これはどういう意味あいの緊張なのか、わからない。もう、リヒカルを恐ろしいという気持ちはなかった。

昨日、メレディスから詳しい話を聞いたのだが、リヒカルは狼精霊なのだ。なんとなく、話が通じているように見えていたが、気のせいではなかった。

昨晩は突然現れた黒狼から、勇敢《ゆうかん》に守ってくれた。その黒狼も狼精霊だったわけだが、ネネ曰《いわ》く森に帰ってしまったようだ。内心、ホッとしている。

リヒカルの部屋の前に立つと、扉は自動で開いた。リヒカルは長椅子《ながいす》の上に座り、本を読んでいた。

「あ、あの……」

『あ、君か』

犬の振りをされてしまったらどうしようと思ったが、リヒカルは応えてくれた。

安堵《あんど》しつつ、ティーワゴンを押してテーブルのほうへ向かった。

「お茶を、持ってきたわ」

『うん、ありがとう』

リヒカルの前に、メリッサティーとクッキーを置く。

「あの、私もご一緒しても？」

『別に、いいよ』

許可が出たので、マリーはティーカップとサンドイッチをテーブルに並べた。

「あの、リヒカル様、普段はどうやってお茶とお菓子を楽しまれているの？」

『こうして椅子に座っている時は、使用人が食べさせてくれるんだよ』

「でしたら、私がお手伝いしましょうか？」

『いいよ。別にそこまでしなくても』

「ですが、私はお世話係ですし、昨日助けていただいたお礼もさせていただきたいですし」

マリーは立ち上がると、リヒカルの隣に腰かける。クッキーを摘《つ》まみ、口元へと差し出した。

「どうぞ」

『いいってば』

リヒカルはふいと顔を逸《そ》らす。一度クッキーは皿に戻し、マリーは反省の姿勢を取った。

「私が昨日、無鉄砲なことをしたから、怒っていらっしゃるの？」

『それは、まあ、そうだね。間違っても、君みたいな娘《こ》が、戦いを挑んではいけないんだ』

「ごめんなさい」

『せっかく守ろうとしていたのに、カッコ悪い結果になったしね』

「でしたら今度から、リヒカル様の背後で大人しくしていますわ」

『約束だからね』

そう言って、リヒカルは前足を差し出す。仲直りの印に握手をしてくれるようだ。

マリーはその手を、しっかりと両手で包み込むように掴《つか》んだ。

「仲直りしたところで、はい、どうぞ」

『……』

また拒否されるかもしれないと思ったが、リヒカルはクッキーをパクリと食べた。そして、手のひらに残ったクッキーの欠片《かけら》をペロリと舐《な》める。

昨晩、黒狼に手の甲を舐められた瞬間、恐怖を覚えた。

だが、リヒカルは違った。別に、嫌じゃない。それどころか、少しドキドキする。この気持ちはなんなのか。やはり、今のマリーには分からなかった。

『どうしたの？』

「いいえ、なんでもありません」

今度は薬草茶を飲んでもらおうと思い、カップに蜂蜜《はちみつ》を垂らして魔法陣を作る。そして、呪文を唱えて茶を球状にして宙に浮かせた。

リヒカルは薬草茶の球を一つ食べ、ごくんと飲み込む。

『うん、美味《おい》しい。クッキーによく合う』

「そ、それはよかった」

なんだか落ち着かなくなったので、別の話題を振った。

「そういえば、昨日の黒狼はなんだったの？」

『ああ、あれね。僕の家族なんだけど、久々すぎて誰か分からなかったんだ』

「あとから来たさらに大きな黒狼も家族なの？」

『そうだよ。あれは、僕の甥《おい》だ』

「甥のほうが、体が大きいのね」

『まあね。一言に狼精霊と言っても、姿形はバラバラだから』

「リヒカル様は、狼に見えないわ」

『おかげで、こうして愛犬役ができているわけだけど』

愛犬役と聞いて、ウルフスタン伯爵家の悲しい裏事情を思い出してしまう。

「リヒカル様は、人のリヒカル様に頼まれて、そのようなお役目を？」

『……』

今まで饒舌《じょうぜつ》だったリヒカルが、急に押し黙る。どうやら、マリーが触れていい問題ではなかったようだ。

「ごめんなさい」

『いや、別にいいけれど』

世話になっているウルフスタン伯爵家の人々のために、何かお返しをしたい。そう強く思うも、マリーができることはあまりない。

唯一自信があることといえば、魔法だ。ここでふと思い出す。リヒカルは魔力抑制の魔法を発動させようとしていた。もしや、それは人の姿を保つための手段なのではと推測する。

おそらく、あの新月の晩に見せていたのは、人のリヒカルと同じ姿なのだろう。

精霊の魔力の関係で、人の姿を保つことが難しいのかもしれない。

リヒカルは人の姿でい続けることによって、ウルフスタン伯爵家の人々の心を癒《いや》そうとしているのでは？　マリーはそのような考えに至った。

魔力抑制の魔法を完成させることは、リヒカルのためにも、ウルフスタン伯爵家の人々のためにもなる。マリーは自分にしかできないことを、発見した。

「リヒカル様、私、魔力抑制の魔法を、絶対に完成させますからね！」

『え？　あ、まあ、それは、好きにしたらいいけれど』

「がんばります！」

マリーはリヒカルの手を握り、決意を新たにした。

◇◇◇

昼過ぎに、ウルフスタン伯爵家に訪問者が現れる。

やって来たのは、長い黒髪を三つ編みにして胸の前から垂らした、二十代前半くらいの青年だった。すらりと背が高く、深い海のような青い目が印象的。面差《おもざ》しはレナルドに似ている。一目で、親戚《しんせき》であると分かった。異なる点は、鍛えているのか体つきがしっかりしている所か。

彼の名は、ヴィート・ウルフスタン。二十三歳、独身。

ヴィートはレナルドの叔父《おじ》で、騎士をしているらしい。

「あら、私の二番目のお兄様も騎士をしているの。エリオット・ウィルリントンというのだけれど、ご存じ?」

質問した瞬間、ヴィートは紅茶を気管に引っかけて咳《せ》き込む。

「エ、エリオットなど、し、知らん！　ありふれた名前だ。騎士隊に、ごまんといる、ゲッホ、ゲッホ！」

「お、義叔父様《おじさま》、大丈夫ですか？」

メレディスは立ち上がって介抱しに行こうとしたが、レナルドが手を握り、言葉で制する。

「いい、放っておけ」

「ですが……」

「叔父上は鍛えているから、平気だ」

「そ、その通り！」

胸を張って強がるヴィートに、リヒカルは冷ややかな視線を向けていた。メレディスがオロオロしていたら、妖精モコモコがヴィートの背中に体当たりする。

「おっふ！　な、なんだ？」

「すみません！　モコモコさんったら」

『キュイ！』

どうやら、背中を撫《な》でるつもりでぶつかったらしい。寛大なヴィートは、突然の体当たりを好意と受け取って許していた。

そんなウルフスタン伯爵家の団欒《だんらん》を見ていたマリーは、堪《こら》えきれなくなって笑ってしまう。

「叔父上のせいで、笑われてしまったぞ」

「俺のせいなのか？」

『そう、ヴィートのせいだ』

「むう……！」

ヴィートのおかげで、賑《にぎ》やかになった。愉快な人だと思う一方で、マリーは実家の家族を思い出してしまう。

生真面目《きまじめ》だが心優しい父に、明るい一番目の兄、無口だけれど面倒見のいい二番目の兄。それから、心優しい姉。

母は、幼い頃に亡くなってしまったので、記憶がおぼろげである。

そんな環境であったが、マリーはのびのび自由に育った。幸せだったのだ。

このアルザスセスの地でも、楽しく幸せに暮らしたい。しかしその前に、ウルフスタン伯爵家の人々に恩返しをしなければ。

使用人としての仕事をしながら、手の空いた時間を見つけて魔法の完成を急いだ。


夜、マリーは妖精を従え、庭の広場で魔法式を解いていた。集中していたので、リヒカルの接近に気づかなかった。ふと顔を上げると、目の前にいたので驚く。

「い、いつの間に!?」

『さっきから。そんなふうに隙《すき》を見せていると、いつか大変な目に遭《あ》うからね』

「大変な目って？」

『昨日も、ヴィー……じゃなくて、大きな狼に舐められていただろう？』

「……そうね」

リヒカルに指摘され、マリーはシュンとなる。

『僕を誘ってくれ』

「え？」

『ここに来る時は、一緒に来たい。そうすれば、君を守れるから』

リヒカルの黒い双眸《そうぼう》にじっと見つめられ、マリーは頬《ほお》がカッと熱くなっていくのを感じていた。このフワフワとした気持ちはなんなのか。脳内は沸騰《ふっとう》状態で、まともに考えられない。

『どうしたの？』

「え、な、何が？」

『急にしおらしくなったから』

「わ、私はいつだって慎《つつ》ましいでしょう？」

『勇ましいの間違いじゃない？』

水晶杖《クリスタル・ロッド》を振り上げ、果敢《かかん》に黒狼へ振り下ろす姿は伝説の勇者の如く。

昨日のできごとを、リヒカルはそんなふうに語った。

「そのことは忘れて！」

『いや、もう、すごく印象的で、君の勇姿は脳裏《のうり》に焼き付いてしまっているよ』

「もう！」

マリーが怒ったら、リヒカルは笑いだす。

それは初めて出会った時に見せた嘲《あざけ》り笑いではなく、心からの笑みに見えた。

またしても、マリーの心はドキドキと高鳴る。こういう気持ちを感じるのは、初めてだった。

『それで、進んだ？』

「え？　あ、ええ。ちょっとだけ」

今は自分の気持ちと向き合っている場合ではない。魔法に集中しなければならない時だった。

◇◇◇

毎晩、リヒカルと共に魔法の再構成を行い、作業が一段落したあとはちょっとした茶会を開く。昼間、メレディスと摘《つ》んだ茶葉で薬草茶を作って飲むのだ。

魔法使いらしく、湯は魔法で沸かす。妖精達には、蜂蜜《はちみつ》を用意していた。

今宵《こよい》はよく眠れるよう、安眠効果のあるラベンダーティーを淹れた。いつものように、茶に魔法をかけてリヒカルが飲みやすいようにしてあげる。

『いや～、これ、便利な魔法だよね』

「リヒカル様も覚えてみる？　そこまで難しいものではないけれど」

『できるのかな？』

「今まで、抑制魔法以外で魔法を使ったことは？」

『ないけれど』

「だったら、教えてあげるわ」

この日から、マリーの魔法講座も始まる。リヒカルは優秀な生徒だった。

あっという間に月日が過ぎていく。今日は新月だ。

『マリー、今晩は新月だ。夜、どうする？』

最近、リヒカルはマリーを名前で呼んでくれるようになった。今までずっと「君」呼ばわりだったので、照れてしまう。

『どうかした？』

「い、いいえ。なんでもないわ。それで？」

『夜の魔法の研究はどうしようかと思って。今日は新月だろう？』

「そうね。だったら、魔法は使わないほうがいいかもしれないわ」

新月の晩は大気中の魔力が薄くなる。そのため、魔法の成功率も大幅に低下してしまうのだ。

ただ、理由はそれだけではない。

なんとなく、人の姿をしているリヒカルに会うのは恥ずかしいような気がした。二人きりになるのは避けたい。そう思っていたのに、想定外の誘いを受ける。

『だったら、裏庭に夜にだけ咲く花があるんだ。一緒に見に行かないかい？』

「夜に咲く花？」

『そうだよ』

裏庭といっても、屋敷を出てすぐあるわけではない。少し歩くことになるようだ。

『嫌だったらいいけれど』

リヒカルは目を伏せ、悲しそうにしている。

マリーはすぐさま首を横に振った。ぜんぜん嫌ではない。むしろ、興味がある。

『だったら、決まりだ』

「ええ、楽しみにしているわ」

こうして、マリーはリヒカルと夜の外出を約束した。


その後、マリーはメレディスと薬草茶の試飲会をする。一週間前に摘んで乾燥させていた茶葉が、完成したのだ。

「これは、とっても苦いわ。一回あたりの茶葉の量を減らしても、無駄な抵抗って感じ」

「そうですね。ここまで渋みが強いとは……」

『キュイ～～』

試飲会には、妖精モコモコも参加している。小さな舌を出し、目を潤ませていた。口直しに、メレディスの作ったチョコレートクッキーを与える。

『キュイ！』

口の中の渋みはリセットされたようだ。次の茶を飲ませるようにと、張り切っている。

「ふふ、モコモコさんったら」

ふと、マリーは微笑《ほほえ》むメレディスを見つめる。以前、サロンで出会った時よりも、綺麗《きれい》になっていたからだ。

「メレディスさん。ここに来てから、何か美容関係のお手入れをしているの？」

「いいえ、王都時代と変わらない物を使っていますが、どうしてですか？」

「すっごく綺麗になっているから」

「特に、何もしていないのですが」

「綺麗な人は、みんなそう言うのよ」

「そうなのですね。マリーさんも、アルザスセスに来てから今まで以上に素敵になったと思います」

「そうかしら？」

メレディスの薬草茶のおかげなのか。肌の調子はすこぶる良い。吹き出物ができやすい体質だと思っていたが、アルザスセスに来てから一度もできたことがなかった。

「メレディスさんの美容水って、どんな物を使っているの？」

「それはですね――」

メレディスの美容水は手作りで、薬草園で採れた薔薇、ラベンダーとローズマリーの精油を使って作った物を塗っているらしい。

「あ、ですが、アルザスセスの薬草は妖精さんがお手入れしているので、不思議な力がこもっているのかもしれませんね」

メレディスはそう分析していたが、妖精モコモコは違うと言う。

『キュイ、キュイキュイ!』

「え、モ、モコモコさん?」

「メレディスさん、モコモコさんはなんて言っているの?」

「えっと、ですね」

メレディスは頬を染め、もじもじしている。

『キュキュイ!』

マリーにも話しかけているが、何を言っているのかまったくわからない。

「もったいぶらずに教えてちょうだい」

「え、ええ。そうですね。モコモコさんの言っていたことなのですが、女性は誰かに恋をしたり、愛されたりすると、綺麗になる、と」

「恋と、愛……!」

そうだった。王都にいたころのメレディスは独身で、今は既婚者だ。圧倒的な違いがある。

「それで、これも、モコモコさんの言っていたことなのですが、マリーは恋をしているから、綺麗になったのではないかと」

恋と聞いて浮かんだのは、リヒカルの姿だった。しかも、人型ではなく狼精霊の。

マリーはリヒカルに恋をしているのか？　考えたが、答えは浮かんでこない。

「恋って、いったいどんな状態をいうの？」

『キュイ！　キュキュイ』

「え、何かしら？　通訳をお願いできる？」

「胸がドキドキしたり、きゅんとなったり、その人のことを考えると切なくなったり、そういう状態をいうのだと」

その感情に、心当たりがありすぎた。今まで、リヒカルと一緒にいて感じることが多々あったのだ。

ようやく明らかになる。マリーは、リヒカルに恋をしているのだ。

彼を意識しだしたのは、黒狼の前に飛び出してマリーを守ろうとしてくれた日が初めてだろう。

「これが、恋……」

なんて不安定で、苦しくて、切ない感情なのか。けれど、胸の奥底を熱くする、手放したくない気持ちである。

マリー・アシュレー・ウィルリントン。十八歳、初めての恋だった。

暦《こよみ》の上では冬となる。夜は寒くなるというので、外套《がいとう》を纏《まと》って頭は頭巾を被《かぶ》った。手には、水晶杖《クリスタル・ロッド》を握る。護身用の武器として使えることが明らかになったので、持って行こうと思ったのだ。

◇◇◇

裏口の前で、リヒカルを待つ。

今になって、髪型がおかしいのではとか、化粧《けしょう》が地味なのではとか、気になりはじめた。これも、恋の弊害《へいがい》か。だとしたら、厄介《やっかい》にもほどがある。

五分後、裏口が突然開いて息が止まりそうになった。

「きゃあ!」

現れたのは、リヒカルであった。一ヵ月ぶりに見せる、人の姿である。腰には細身の剣が差さっていて、服装も華美ではない詰襟《つめえり》の上着にズボンという動きやすい姿であった。

なんだか知らない人のようで、マリーは戸惑ってしまう。

「ごめん、驚かせた」

声を聞くと、いつものリヒカルだったのでホッとする。ずっと狼の姿だったので、認識が追いついていないのだ。

「マリー、どうしたの？」

「人の姿を見たのは一ヵ月ぶりだったから、なんといえばいいのか……違和感があって」

「なんだよ、それ。普段の犬の姿がいいみたいな言い方は」

「違うわ。私は、どちらでもいいの。見た目なんて関係ない。あなたはあなたに変わりないから」

「マリー……」

リヒカルはマリーの手を握り、目を伏せる。長い睫毛《まつげ》が、白い肌に影を落としていた。

彼は何を思っているのか。マリーには想像もできない。

「リヒカル、行きましょう。早く、夜のお花畑を見たいわ」

「ああ、そうだね。行こう」

リヒカルはマリーの手を握ったまま、歩き始める。屋敷の裏側へと回り、森のほうへと進んだ。

外は真っ暗だ。魔法で作った光球の輝きだけが頼りである。

狼精霊であるリヒカルは夜目が効くようで、迷いのない足取りで進んでいた。

「夜の森は、少しだけ怖いわ」

「大丈夫。黒狼隊がいるし、狼精霊の結界もある。村周辺には近寄れないようになっているから」

「そういえば、今日は剣を持っているのね」

「ああ、これね。魔除《まよ》けのお守りでもあるんだけれど」

長い時間、人の姿を保てないリヒカルは、剣の心得がそこまであるわけではないらしい。

「アルザスセスには騎士隊がいないから、自分達のことは自分で守らなければならないんだ。だから、男衆はみんな剣を習う」

しかし、そんなアルザスセスにも変化が訪れる。今度やって来たレナルドの叔父《おじ》ヴィートがアルザスセスに騎士隊を作ろうと奮闘しているらしい。

「あの人、チャラチャラしているけれど、意外としっかりしているから」

「みたいね。なぜか、私には近寄ろうとしないけれど」

「まあ、人には色々な事情があるのさ」

そんな話をしているうちに、リヒカルが言っていた花畑にたどり着いたようだ。

「ここなんだけれど――あれ？」

開けた場所に白い花は咲いていたものの、光り輝いていなかった。リヒカルはしゃがみ込んで、釣鐘《つりがね》状の花を指先で掬《すく》う。

「おかしいな」

マリーもしゃがんで花を見る。光で照らすと、あることに気づいた。

「あら、これって月光花じゃないかしら？」

「月光花って……もしかして、月の光で輝くってこと？」

「ええ、そう。驚いたわ。絵本の中の花だと思っていたのに、実在するなんて」

残念ながら、今宵《こよい》は新月。月光花は光り輝くことはない。

「そうか、だから、日によって輝きが違っていたのか。マリー、ごめん。まさか、魔力を浴びて光るなんて、思いもしなかったから」

「いいえ、いいの。また、月夜に来ればいいんだし」

「今日、君に見せたかったんだけどね」

そうは言っても、月が出ていないのでどうにもできない――が、マリーはある可能性に気づいた。

「そうだわ。私達が協力したら、この花を輝かせることが可能かもしれない」

「どういうこと？」

「魔力を、月光花にふりかけるのよ」

「え？」

抑制魔法を研究する最中、マリーは類似性のある魔法も調べていた。

「そんなの、可能なわけ？」

「魔力を放出する魔法を使えばいいのよ」

リヒカルは高い魔力のせいで人の姿を保てないというのならば、その力を外に出してしまえばいいと考えたのだ。

「それで、放出魔法のほうは完成したんだけれど」

「は？」

「でも、魔力を捨ててしまうのって、精霊にとっては命を無駄にすることと同義でしょう？」

「待って、マリー。魔力放出できるんだったら、したいんだけれど！」

「え？」

「それができなくって、僕は長年苦しんでいたんだ！」

「そ、そうなの？」

「そうだ。抑制魔法より、放出魔法のほうがずっと難しいんだよ。どうやって、編み出したんだ？」

「書斎にあった、神杯《エリシクル》についての研究書と、魔力生成の仕組みの参考書を読んで、今までの抑制魔法の研究の型版《テンプレート》に当てはめながら、いろいろと試しているうちに」

神杯というのは、魔力を無限に貯蔵できる器である。勇者や聖女など、伝説に残る英雄がその身に宿すもので、魔力生成の能力と共に持ち合わせている場合がほとんどだ。

「何回か試したけれど、成功しているから、リヒカル様にも使えると思うわ」

「マリー、君は天才だ！　世界には、多くの魔力をその身に宿し、苦しんでいる人がごまんといる。放出魔法が本当に使えるならば、たくさんの人達の救世主になれるんだ！　本当に、素晴らしいことだよ！」

リヒカルは突然、マリーをぎゅっと抱きしめた。

「きゃっ！」

「あ、ごめん。つい、嬉しくって」

「いいえ、いいの。嫌じゃないから」

今までにないくらい、ドキドキしている。落ち着かない気持ちになり、頰《ほお》が燃えるように熱くなった。

けれど、これらの感情は悪いものではない。苦しいのに切なくて、甘いものだった。

「マリー？」

「あ、えっと、ごめんなさい。そんなに喜んでくれるとは、思わなかったから」

リヒカルが言っていたことが本当だとすれば、これ以上嬉しいことはない。マリーの研究が、誰かの役に立つのだ。

「私も、嬉しいわ」

マリーもリヒカルの背に手を回し、抱き合う形となった。

リヒカルの胸の中は、人と変わらないくらい暖かい。身を寄せていると、ホッとする。

二人はしばし、喜びを分かち合った。

「マリー、放出魔法を試してみよう」

「ええ」

まず、地面に魔法陣を描く。その辺に落ちていた石で、精緻《せいち》な魔法式が織《お》り込まれた魔法陣を描いていった。次に、リヒカルの手のひらに蜂蜜《はちみつ》で呪文を描く。

くすぐったかったようで、リヒカルは笑いだす。

「――ふっ！」

「我慢して」

そうマリーが言った刹那《せつな》、すぐ目の前にリヒカルの顔があることに気づく。目と目が合うと、恥ずかしくなって顔を魔法陣へと落とした。

照れている場合ではない。

続いて、マリーの手のひらにも呪文を描く。これで、準備は完了だ。

「それで、どうやってするの？」

「向かい合って、片手は手を結んで、もう片方の手は一緒に杖《つえ》を持つの。呪文の詠唱《えいしょう》は一緒よ」

「わかった」

魔法陣の中に入り、リヒカルと向かい合う。手と手を握ると、魔法陣が淡く光りだした。

杖を握り、詠唱を開始する。

全十七節からなる呪文を、一語一句間違えずに、リヒカルと二人で言い切った。

魔法陣は眩《まばゆ》い光を放ち、宝石のような粒子を発する。これが、魔力の結晶なのだ。

――祝福《ベネデッタ》よ。内なる力を具現化せし。

詠唱が終わると、魔力は花畑のほうへと散っていった。

雪が降るように、月光花に魔力の粒が降り注いでいる。

魔力を受けた月光花は、ぼんやりと光りだした。

「わっ……」

「マリー、まだだ」

「え、でも、十分綺麗《きれい》よ」

「もっと、綺麗になる」

マリーは魔法を発動させるだけで、放出される魔力はリヒカルのものだ。これ以上、魔力を出すことは危険なような気がして、躊躇《ためら》ってしまう。

「僕は魔力を放出しても死なない。むしろ、持て余して困っているんだ」

「で、でも……」

魔力の放出は、精霊でなくとも危険な行為だろう。人は世界と魔力を通じて繋《つな》がっている。それが枯渇《こかつ》してしまえば、死を意味するのだ。

「頼む。君に満開の月光花を見せたいのもあるし、自分の可能性を、知りたくもあるんだ。だから――お願いだ。僕は、人として、生きたい！」

それは、渇望《かつぼう》のようにも聞こえる。

リヒカルは魔力を放出することによって、人に近づくのだろう。叶えていいことなのか、わからない。

病床に伏せるリヒカルの代わりになんてなれるわけがない。けれど、彼はそれを強く望んでいた。

もしかしたら、空《むな》しくなるかもしれない。悲しくなるかもしれない。

それを、乗り越えられるのか。

放出した魔力は、元に戻すことはできないのだ。この先、人として生きていく勇気があるのか、マリーは、それを問いたい。

「あなたは、人になりたいの？」

「そうだ。ずっと、そう思っていた！　僕は、人なんだ。母親の命を貪《むさぼ》って生まれた化け物でも、人になれない哀れな狼精霊でもない！」

それは、どういうことなのか。マリーにはよくわからない。けれど、リヒカルが本気で人の姿でい続けることを望んでいるのはわかった。

「マリー・アシュレー・ウィルリントン！　僕の、魔力を放出してくれ！」

その言葉が、引き金となる。マリーはリヒカルの魔力を、放出させた。

月光花の花畑は眩い光に包まれ、目も開けていられなくなる。目を閉じてなお、チカチカとしていたが、しだいに落ち着いていった。

瞼《まぶた》を開くと――そこにはダイヤモンドのようにキラキラ輝く月光花があった。

よくよく見てみると、魔力の粒子が朝露のように付着し、そこから光を放っている。

「なんて、綺麗なの……！」

それは、リヒカルの魔力を受けて煌《きら》めくものである。この世のものとは思えない光景に、心がジンと震えた。

「リヒカル様、とっても綺麗――！」

隣には、誰も立っていなかった。もしや、魔力を大量に消費して、人の姿どころか姿を保てなくなってしまったのか。

だが、リヒカルはすぐに見つかる。地面に伏していたのだ。

「リヒカル様!?」

額にはびっしりと汗が浮かび、息遣いも荒い。

やはり、放出魔法は危険だったのだ。なんてことをしてしまったのか。マリーは深く後悔《こうかい》する。しかし、気落ちしている場合ではなかった。リヒカルを、助けなければ。

人の持つ魔力は、体液に溶け込んでいる。もっとも濃度が高いのは、血だ。

マリーはリヒカルが腰に差していた剣を引き抜き、迷うことなく鋭い刃を手のひらへと当てた。

「くっ……！」

予想以上の痛みに顔を歪める。

切り口はすぐに赤く染まり、じわりと血が球となってポツポツと浮かんできた。それを、リヒカルの口元へと持っていった。

ポタリと滴《したた》る血は、唇へと落ちた。それを、リヒカルはペロリと舐《な》める。

青白かった肌に赤みが差し、唇にも血の気が戻ってきたように見えた。

血が滴る手をリヒカルの口元に寄せると、突然手首を摑《つか》まれる。

瞬く間に姿勢は逆転し、マリーはリヒカルに押し倒されてしまった。

摑まれた手は唇のほうへと持っていかれ、リヒカルは直接マリーの血を舐め始める。

虫の鳴き声や風の音のしない、静かな夜であった。ただ、リヒカルがマリーの血を啜《すす》る音だけが聞こえる。

ぞくぞくと肌が粟立《あわだ》つのは、魔力を失っているからか。

それとも、今までにないほど、他人から求められているからか。

マリーにはわからない。

けれどマリーは見つけてしまった。今、自分がここに在《あ》る意味を。

もう、役立たずな令嬢ではない。リヒカルのために、マリーの命はあるのだ。

どうか、彼の心も満たされますように。そんな願いをこめながら、その身を捧げる。

だんだんと、意識が遠のいていった。

母親が迎えに来てくれたのか。目を閉じると、亡き母の姿が浮かんだ。

ここで、マリーの意識は途切れた。

魔法令嬢は魔法令嬢らしく、アルザスセスの地で狼精霊にその身を捧げた。

◇◇◇

握っていたマリーの手が、するりと地に落ちる。その瞬間、リヒカルは我に返った。

「――え!?」

顔面蒼白となり、意識がなくなっていた。リヒカルの口内には、血の味が残っている。辺りを漂う香りは、薔薇の濃い芳香《ほうこう》。マリーの魔力の香りである。

もしかしてと疑うことなく、今までマリーの血を貪っていたことに気づいた。

「マリー、マリー!」

脈は少し早いくらい。体は冷え切っている。意識はなく、頬に触れても反応はない。急激に魔力を失ったことにより、気を失ってしまったのだろう。

人は魔力が枯渇すると、吸血衝動にでる。その昔、魔法を戦争の道具にしていた時代、魔法を使い過ぎてしまった者が、人の血を求めて彷徨《さまよ》う事件が多発していたのだ。

それは、人に備わった生への本能でもある。

マリーに吸血衝動は見られなかったので、魔力の枯渇状態ではないのだろう。だが、今の状態はあまりいいものではない。

リヒカルはマリーを抱え、家に戻る。


帰宅後、マリーを自らの寝室に寝かせ、すぐに甥《おい》夫婦に助けを求めた。

「レナルド、メレディスさん、助けてくれ！」

貴重な新月の夜だったが、背に腹は替えられない。幸い、レナルドとメレディスはすぐにやって来た。

「おい、リヒカル、どうした？」

「マリーが、倒れてしまったんだ。僕に、魔力を与えたせいで……！」

「どういうことなんだ？」

リヒカルはそれまでの経緯をレナルドとメレディスに語った。

「――なるほど。そんなことが」

「僕が、人になりたいだなんて言ったから、こんなことに。なんて、馬鹿なことをしてしまったんだって……思って」

「それは、別におかしな感情ではないのだろう」

「でも、マリーをこんな風にしてしまったのは、僕だ」

その後、ヴィートが連れてきた医師の診断を受けたが、体そのものは健康な状態らしい。これ以上の診断は、魔術医でないと分からない、と。

魔術医とは、体の不調を魔法で治す医者だ。魔法が与えた影響を、診察することもできる。

しかし、魔術医は時代と共に廃《すた》れ、今は存在を確認できていない。

当然、国内にいるなど聞いたことがなかった。あとは、マリーの容態を見守るしかない。

リヒカルはマリーに血を与えたが、目覚めることはなかった。

意識が戻らない原因は、他にあるのだろう。

三日三晩、マリーは眠り続ける。

その間、リヒカルは人の姿を保ち続けていた。自身の中にあった魔力を放出したので、狼化の状態が解除されたのだ。

朝食の席にリヒカルが着くという、奇跡のような光景があった。しかし、彼を囲む家族の表情は冴えない。

「ごめん。なんか、僕がいると、みんな暗くなるね」

「そんなことはない。夢のようだと思っている」

「そうですよ。私は、リヒカルさんと一緒に朝食を食べることができて、嬉しいです」

甥夫婦の言葉は、どこまでも優しい。マリーに言った、ぬるま湯そのものだと思う。浸かっていて熱くも寒くもないけれど、刺激や緊張は生まれない。

甘やかされているのだと感じていたが、何をどうすればいいのか分からなかった。

兄ヴィートが、気遣うように覗《のぞ》き込んでくる。無視していたら、声をかけてきた。

「リヒカル。マリー嬢の体そのものは健康だ。十年でも、二十年でも、気長に待っていれば――」

「叔父上《おじうえ》！　今はリヒカルを放っておいてくれ」

「あ、う……す、すまない」

ヴィートはヴィートなりに、不器用ながらもリヒカルを励《はげ》まそうとしていた。

けれど、その言葉のどれも、リヒカルには届かなかった。

「なんか、ずっと人になりたいって思っていたのに、ぜんぜん嬉しくない」

狼の姿のほうが、気楽で楽しい。人の姿をしていると感情が複雑になって、簡単に物事を考えられなくなっている。

月が顔を出せば、レナルドのように狼の姿になれるかもしれない。そう思っていたが、リヒカルは夜も人の姿を保ち続けた。

マリーの放出魔法は完璧《かんぺき》で、リヒカルの夢を叶えてくれた。

夜、リヒカルはキャロルが出て行ったのと入れ替わるように、マリーの寝室に向かう。

庭で摘《つ》んできた花を、寝台の近くにある円卓に置いた。きっと、キャロルがあとで花瓶《かびん》に生けてくれるだろう。

リヒカルの世話係をしていたマリーは、毎日花を摘んできてくれた。それが、嬉しかったので、同じことをして返す。

寝台を覗き込むと、昏々《こんこん》と眠り続けるマリーの姿を確認できた。

花の香りで目覚めてはくれないかと思ったが、そんな奇跡など起きやしない。

いったい、どのような理由で目覚めないのか。

魔力に帯びる、薔薇の香りもしなくなっていた。

リヒカルはカーテンを広げ、月明かりを部屋へ差し込む。マリーの青白い肌を、夜の明かりが照らした。

その後、じっと眺めていたが、反応はない。手を握っても、握り返されることはなかった。

もしも、マリーの制止を聞き入れていたら、このような事態にはならなかった。

ウィルリントン公爵にどう説明すればいいのか。

すべての対応は当主であるレナルドが取るだろう。これ以上の迷惑をかけないために人の姿でい続けることを望んだのに、逆に足を引っ張っている。

人生は思うようにいかない。心からそう思う。

童話のように、めでたしめでたしとはいかないのだ。

眠るマリーは、まるで童話の中の眠り姫のようだ。生気がまったくないので、美しき人形にも見える。

マリーの魅力は半減していた。翠玉《エメラルド》の瞳をキラキラ輝かせ、魔法について話す彼女はとても魅力的だった。

ずっと見ていたいとも。

どうしてこうなったのか。答えはわかっている。すべて、リヒカルの自分勝手が引き起こしたことなのだと。

もしも、ここが童話の世界だったら、王子の口付けで姫君は目覚める。

リヒカルはマリーに顔を近づけ、しばしの躊躇《ためら》いのあと、軽く触れるだけのキスをした。

「……」

「……」

当然ながら、マリーは目覚めない。この瞬間に、リヒカルはマリーの王子ではないことが明らかとなってしまう。

胸にぽっかりと穴が空いたような、空《むな》しくなるだけの口付けだった。

そうこうしているうちに、キャロルが戻って来る。

「リヒカル様、ご令嬢が眠る部屋への単独訪問は、ご遠慮《えんりょ》願います」

「ああ、悪かったね」

なげやりな様子で謝って、部屋を出る。

もしかしたら、キャロルはリヒカルがマリーに何かしたのだと気づいていたのかもしれない。

けれど今は、弁解する気にはなれなかった。

それから、リヒカルは魔法書を読み漁《あさ》り、マリーと似た症状の事例がないかと探す。

しかし、どれも魔力欠乏症や、魔力過剰症のものばかりで、どちらにも属さない体調不良の資料は見つからなかった。

妖精にも協力を仰《あお》ぐも、リヒカルの前には姿を現さない。

マリーをこのような目に遭《あ》わせた張本人《ちょうほんにん》であるからなのか。無視しているように思えた。

苛立《いらだ》って薔薇の苗を引っこ抜いたら、荊《いばら》で手が血だらけになる。

妖精は出てこないし、手のひらは傷だらけだし、いいことはまったくなかった。

あっという間に、十日間が過ぎる。飲まず食わずで大丈夫なのか心配になったが、メレディスと契約した妖精モコモコ曰《いわ》く、時間が止まっている状態らしい。

そこまで分かったものの、どんな魔法の影響を受けているかは謎のまま。

魔法書を調べても調べても、何も見つからない。

夜、部屋で塞《ふさ》ぎ込んでいたら、メレディスが妖精モコモコを伴《ともな》ってやって来た。

「メレディスさん、何？」

「リヒカルさん、マリーさんが倒れた日の話を、もう一度詳しく聞かせていただけますか？」

今まで魔力の放出魔法を試したあと、マリーの血を吸ったという話しかしていなかった。

メレディスはそれ以外の話が聞きたいようだ。

「僕達は、光り輝く花を見たくて、放出魔法を使ったんだ」

「光り輝く花とは——まさか、月光花ではありませんか？」

「そうだけど」

さすが、薬草令嬢だといえばいいのか。少し特徴を話しただけで、月光花だと分かったようだ。

「月光花……月明かりを受けて光り輝く、花……」

メレディスは顎《あご》に手を当て、ぶつぶつと独り言を言っている。何か心当たりがあるのか。

「もしかして、覚えがある？」

「あ！」

メレディスは椅子《いす》が背後に倒れるほど、勢いよく立ち上がる。

「ど、どうしたの？」

「月光花は、魔法の花なんです」

「え？　まあ、魔力を浴びて光り輝くなんて、普通じゃないし」

「それだけじゃないんです！　光り輝く花を見ると、酩酊《めいてい》状態になるんですよ。それは、ただ酔うのではなく、こう、魔力に影響を及ぼすものといいますか。その、悪魔の魅了《チャーム》にも似ていると、本で読んだことがあります」

マリーは月光花に魅《み》せられ、意識がないことが明らかとなる。今までリヒカルが平気だったのは、高い魔力値のおかげだろう。

「メレディスさん、その本は？」

「すみません、実家です。ですがただの植物図鑑ですので、これ以上の情報は書いていなかったかと」

「そっか、そうだよね。魔法の異常を治すのは、魔術医と魔法で作った薬の領域だ」

メレディスはしょぼんと肩を落とした。なんだか気の毒になり、倒した椅子を起こしてやる。

「魔法の薬なんて、夢物語ですよね」

『キュイ!!　キュキュイ〜〜!!』

妖精モコモコが突然大きな声を上げた。メレディスの服の袖《そで》を嚙《か》み、ぐいぐいと引っ張っている。

「え、モコモコさん、どうしたのですか？」

『ムイムイ〜〜！』

メレディスの服に嚙みついたまま、妖精モコモコは何かを訴えていた。

「なんて言っているの？」

「そ、それが、マリーさんのお部屋に急ぐようにと」

「マリーの部屋に何が？　いいや、行こう」

リヒカルは全力疾走でマリーの部屋まで急ぐ。ノックもなしに中へと入ると、寝室からキャロルが顔を覗《のぞ》かせた。やって来たのがリヒカルだと気づくと、地獄の深淵《しんえん》にいる悪魔の裁判官のような顔で睨《にら》みつけた。

「リヒカル様、あなた様はまた！」

「あ～、違う、違う！　誤解だ。今日は急用で、メレディスさんとモコモコも一緒だから――」

背後を振り返ったが、まだメレディスと妖精モコモコは来ていない。しばしキャロルの針の筵《むしろ》のような視線にさらされていたが、メレディスも到着する。

「はあ、はあ、はあ、す、すみません！　リヒカルさんに、ついていけなくって」

『キュイ！』

「奥様？　それに、モコモコ様まで」

「ね、言ったでしょう？」

「ええ」

ようやくキャロルの疑惑の視線から逃れたところで、本題へと移る。

「ねえ、モコモコ、君は、いったい何に気づいたんだ？」

『キュイキュイ～～！』

妖精モコモコはメレディスの肩から床に飛び降りる。ポンポンと跳びはねて向かった先は、マリー自慢の魔法書が並ぶ本棚《ほんだな》だ。

『キュイ！』

妖精モコモコが体当たりしているのは、一冊の本。メレディスがそれを本棚から引き抜く。

「モコモコさん、こちらですか？」

『キュイッ！』

古代文字で書かれてあるので、メレディスには題名が読めなかった。メレディスが差し出した本をリヒカルは受け取る。

「こ、これは⁉」

「リヒカル様、それはなんの本なのですか？」

「誰にでもできる、簡単な魔法霊薬の作り方、リンゼイ・アイスコレッタ著！」

「魔法のお薬の本ですね」

「そう！」

妖精モコモコは以前、マリーの部屋に招かれた時にあった本を記憶していたようだ。

ただ心配なことは、現代において魔法で作る薬の材料がなく作れない物がほとんどだということ。その前に、該当《がいとう》する薬があるかどうかを探さなければならなかった。

リヒカルは夢中でページを捲《めく》る。

「あ、あった！」

魔力酔いを解く魔法霊薬の作り方が書かれてある。

「材料はシシリ草、マーズの樹皮、月光花って——月光花以外、聞いたことがない」

絶滅した古代種の植物なのだろう。奥歯を嚙みしめ、本を持つ手に力が入る。

マリーを目覚めさせることなど、不可能なのか。

「シシリ草……マーズの樹皮……」

「メレディスさん、どうかした？」

「もしかしたら、ですが、シシリ草とマーズの樹皮は、現代にもある植物の古代名かもしれません。以前、誕生日にレナルド様からいただいた植物百科事典に書いてあったような、なかったような」

「それも実家にあるの？」

「いいえ、わたくしの部屋に——きゃっ！」

リヒカルはメレディスを担《かつ》ぎ上げ、部屋に向かう。もちろん、キャロルにもついて来るように命じた。

途中で狼姿のレナルドとすれ違う。

『む、何事だ？』

「ごめん、メレディスさん、ちょっと借りるね」

『なんだと？　メレディスの貸し出しはしていないぞ！』

「詳しい話はあとでするから！」

『待て、リヒカル！』

さらに、ヴィートともすれ違う。

『な、なんだ？　追いかけっこか？』

「違うから！」

メレディスの部屋にたどり着くと、まっすぐ本棚まで駆けて行く。

「ねえメレディスさん、どれ？」

「さ、三段目の、一番、分厚い本、です」

メレディスを下ろし、植物百科事典を取り出した。

「お願い」

「はい」

メレディスがシシリ草とマーズの樹皮の項目を探す間、一緒についてきたレナルドとヴィートに事情を語った。

「マリーの症状を治す魔法霊薬が作れるかもしれないんだ」

『それは――本当か？』

「まだ材料が揃《そろ》うかすらわからないけれど、可能性には懸《か》けてみたい」

『なるほどな』

「あ、ありました！」

やはり、メレディスの記憶にあった通り、シシリ草とマーズの樹皮は現代にも残る植物だった。しかも身近なものらしく、ウルフスタン伯爵家の庭に自生しているようだ。

「じゃあ、メレディスさんとレナルド、ヴィートはシシリ草とマーズの樹皮の採取をお願い。僕は、月光花を採りに行ってくる」

魔法書『誰にでもできる、簡単な魔法霊薬の作り方』には、魔力をたっぷり含ませた月光花と書かれてあった。幸いにも、今宵《こよい》は満月。美しく咲き誇っているだろう。

「じゃあ、裏の森の月光花の花畑に行ってくる」

「リヒカル様、お気を付けくださいね」

「大丈夫、たぶん！」

『お前なら心配いらないだろうがな。たぶんだが』

ヴィートもコクコクと頷《うなず》き、同意していた。

ようやく、リヒカルはらしさを取り戻したような気がする。ウルフスタン伯爵家の男は、もれなく前向きなのだ。

夜空に浮かぶ満月も、リヒカルを祝福しているような気がした。

◇◇◇

夜闇の中を走る。狼の姿ではなく、人の姿で走っていることは不思議な気分だった。

わき目もふらずにやって来たので、すぐに辿《たど》り着く。

月光花は、月明かりを浴びて光り輝いていた。辺りを漂うのは、人を惑わす魔の芳香《ほうこう》だろう。

ただ、リヒカルには効かない。月光花よりも華やかに香る魔力を、彼は知っているからだ。

すぐさま、月光花を摘《つ》んで革袋に入れ、屋敷へと戻った。

庭に寄ると、メレディスはすでにシシリ草とマーズの樹皮を手にしていた。

レナルドとヴィートが、体中に葉っぱを付けながら探してくれたようだ。

「庭の妖精さん達にもお聞きしましたが、これで間違いないそうです」

「よかった。月光花も、手に入れたから」

「では、魔法霊薬を作りましょう」

厨房《ちゆうぼう》を借りて、マリーを目覚めさせる魔法霊薬を作る。

「え〜っと、まず、シシリ草を乳鉢《にゆうばち》で擂《す》って……」

リヒカルが魔法書の古代文字を読み、メレディスが実際に作成する。突然薬が爆発するなどの失敗をする可能性も踏まえ、メレディスの背後にはレナルドが待機していた。厨房の出入り口では、ヴィートがソワソワしながら見守っている。

「マーズの樹皮は水を入れた鍋《なべ》の中に入れ、成分を煮出す」

マーズの樹皮は沸騰《ふつとう》させると、真っ赤に染まっていった。火から下ろし、粗熱《あらねつ》を取る。

ペースト状にしたシシリ草に、マーズの樹皮を煮出した湯を加えて混ぜ合わせる。

「月光花は、鱗粉《りんぷん》だけ使う、と。これは、僕がするね」

革袋から取り出した月光花は、摘んでなお美しく輝いている。

「わ……綺麗《きれい》なお花ですね」

「魔性の花だよ」

メレディスやレナルドに影響がでないよう、手早く鱗粉を振りかけた。

最後に、魔法陣の上で呪文を唱えたら、酔い醒《さ》まし霊薬の完成となる。

魔法の基礎は、マリーに習っていたおかげで分かっている。集中し、指先に魔力を集めた。

そして、霊薬に手を翳《かざ》し呪文を唱える。

――調薬せよ《ルメディ・キャマン》！

魔法陣は淡く光り、調合した薬はボコボコと沸騰したようになる。光が収まり、煮立っていた薬は紫色から白に変わっていった。

「これは……？」

『リヒカル、どうなんだ？』

「せ、成功だ！」

『やったぜ！』

厨房の外から見守っていたヴィートが、跳びはねるようにして喜ぶ。

リヒカルは生まれて初めて、一人で魔法を成功させたのだ。

『リヒカル、すぐにマリー嬢へ持って行って飲ませるんだ！』

「わかっているよ」

零《こぼ》さないように、慎重な足取りで持って行く。

マリーの寝室にたどり着くと、すぐにキャロルへ酔い醒まし霊薬を渡した。

「これでマリーが目覚めるんだ。すぐに、飲ませてほしい」

「上手《うま》くできるかわかりませんが……。とりあえず、寝たきりでは飲めないので、体を起こすお手伝いをしていただけますか？」

「わかった」

リヒカルがマリーの上体を起こすと、キャロルが背中と布団の間に枕を入れる。この状態で飲ませるらしい。

酔い醒まし霊薬を匙《さじ》で掬《すく》い、マリーの口元へと持って行く。が、上手く飲めずに、口の端から零れていった。

「やはり、難しいようです」

メレディスとレナルド、妖精モコモコ、ヴィートも背後でハラハラと見守っていた。

二回目、三回目と失敗したあと、リヒカルが動く。マリーの背中の枕を引き抜いて投げると、キャロルの手から酔い醒まし霊薬を取り上げた。

それを一気に口に含むと、直接マリーの唇に持っていく。

まるで、眠り姫を起こす王子のように、薬を直接飲ませたのだ。

今度は零さないよう、すぐに唇を離さない。背後で、ヴィートの『おお……！』という声が聞こえる。

マリーの喉《のど》は、僅《わず》かに動いた。リヒカルが与えた薬を、飲んだのだ。

唇を離すのと同時にマリーの睫《まつ》毛《げ》がふるりと震え、翠玉《エメラルド》の瞳が開かれる。

「やあ、やっとお目覚めか、眠り姫」

「……！」

意識が戻ったマリーは顔を真っ赤にさせて、口をパクパクさせている。

「マリーさん、どうかしましたか？」

メレディスが問いかけると、マリーは元気よく起き上がってビシッとリヒカルを人差し指で差した。

「わ、私、完全に意識がないわけじゃなくって」

「そ、そうだったのですね」

「たまに、周囲の声や物音、花瓶《かびん》に生けた花の香り、布団の温かさに、誰かが額に手を当てる感覚とか、わかっていたのよ」

つまり、視覚以外の五感は冴えわたっていたことになる。

「リ、リヒカル様、わ、私にキスをしたわ！」

「え、えっと、マリーさんに薬を飲ませるために、したことですので」

マリーが言っていたのは、薬を飲ませるための二回目のキスではない。一回目のキスのことだろう。

別に、悪戯《いたずら》をしようとか、そういう気持ちがあったわけではない。

純粋な気持ちから、湧き出た行動だったのだ。

「僕は、君の王子様になりたかったんだ。悪い？」

「え？」

「童話の姫君のように、キスで目覚めないかなって思ったんだよ。でも、目覚めなかった」

キスに魔法の力なんて、なかったのだ。リヒカルはマリーに背中を向け、事情を説明する。

「二回目のキスは説明したように、酔い醒まし霊薬を飲ませるために……」

「酔い醒まし霊薬……？　それって魔法で作ったお薬なの？」

「そうだけど」

「だったら、正真正銘《しょうしんしょうめい》本物の魔法のキスだわ。一回目はダメだったけれど、二回目で成功するとか、すごいじゃない！　リヒカル様、あなたは、私の王子様よ」

マリーは寝台から飛び出すと、リヒカルへ駆け寄って背後から抱き着く。

まさかの展開にリヒカルは驚いたが、寄せられたマリーの温もりを感じるうちに、彼女が目

覚めた嬉しさがじわじわと胸の内から広がってくる。

「魔法霊薬は、僕だけの力じゃなくて、メレディスさんやモコモコ、レナルドやヴィートの協力もあったんだ」

「そうだったのね」

リヒカルから離れたマリーは、満面の笑みで言った。

「みんな、ありがとう！」

メレディスもつられて笑顔となり、それは他の者達にも移っていく。

マリーが目覚めたことによって、ウルフスタン伯爵家は明るさを取り戻したのだった。

エピローグ　君と二人ならば

マリーは騒動が起こった翌日から仕事を再開する。

人の姿を保てるようになったリヒカルは、マリーの世話を多くは必要としない。

しかし、マリーはリヒカルの役に立ちたかったので、どんなに小さなことでも喜んで行った。

「君って物好きだよね」

「ええ、そうなの」

マリーはリヒカルのことが好きなのだ。例の事件で、はっきり自覚することができた。

毎日が幸せいっぱいであったが、一つだけ引っかかることがある。それは、もう一人のリヒカルのことだ。マリーは意を決し、リヒカルに打ち明ける。

「あの、リヒカル様。お聞きしたいことがあって、もう一人のリヒカル様のことなんだけど……」

話題に上げた途端、リヒカルの空気がピリッとなる。やはり、触れてはならない問題だったようだ。

言い澱《よど》んでいると、不機嫌となったリヒカルに早く話すよう急《せ》かされてしまった。

「彼……リヒカル様の病気を、魔法霊薬で治せないかしらと」

メレディスが調べた結果、魔法書にある薬草類は絶滅していないことが判明したのだ。

そのため、材料さえ揃《そろ》ったら魔法霊薬を作れる。

リヒカルの病気は医者も匙《さじ》を投げるほどだったらしいが、魔法霊薬だったら治せるのではとマリーは思った。

「アルザスセスの地には豊富な植物があるし、酔い醒《さ》まし霊薬を作った時みたいに、該当《がいとう》する薬草があると思うのだけれど……どう思う？」

リヒカルの返事は冷たく、突き放すようなものだった。

「この問題に触れられるのは、ウルフスタン伯爵家の者だけだ。君には、関係ない」

「そ、そんな！」

「他人を思う心は美しいと思うけれど、各家庭には各家庭の事情があるんだ。特にこの問題は、マリーが首を突っ込んでいいものではない」

「……」

マリーは顔を伏せ、エプロンを握りしめる。

どうして、そんなことを言うのか。

リヒカルはマリーを受け入れてくれたものだと思っていたが、勘違いだったようだ。

握った拳《こぶし》がぶるぶると震える。

リヒカルは止《とど》めの一言を、マリーへ言い放った。

「マリー・アシュレー・ウィルリントン。君はもう、王都に帰ったほうがいい」

「どうして？」

「今は社交期だろう？　早く結婚相手を探したほうがいい」

その言葉に、何かがブツンとキレる。

エプロンを取り外し、丸めるとそのままリヒカルへと投げつけた。

「そこまで言うんだったら、実家に帰らせてもらうわ！」

回れ右をして、走り去る。だんだんと、泣けてくる。頬《ほお》に伝う涙は、驚くほど熱い。

リヒカルが追ってこないので、余計に泣けてしまった。

◇◇◇

マリーのいなくなった部屋で、リヒカルはぼやく。

「実家に帰らせてもらうって、マリーは僕の奥さんじゃないんだから」

好きにすればいい。しかし、そこまで言えなかった。

本当は引き留めて、嘘だと白状したかったのだ。

マリーのことは好きだけれど、彼女は公爵令嬢。爵位のない男となんて、結婚できるわけがない。

傍にいると、辛《つら》くなる。だから、社交期であることを理由に王都に戻ってもらおうと思ったのだ。

午後からはレナルドの仕事を手伝う。人の姿だと、作業効率がよくなって労働時間を減らしても問題なくなった。それはリヒカルだけでなく、レナルドもだ。

夫婦で過ごす時間が増えたと、感謝された。

以前までのリヒカルは、自分が邪魔者だと思い込んでいた。早く出て行こうと考えていたのだ。しかし、こうしてレナルドに感謝されると、ここにいてもいいのだと実感する。

これから先も、レナルドを助けながらささやかに暮らしていこうと決意を新たにする。

マリーとのことは、美しい思い出として心の中に残しておく。

きっとこの先、誰かを愛することはない。

これも、狼精霊の習性なのだろう。そう、確信していた。

私室で仕事をしていると、レナルドがやって来る。

「おい、リヒカル！　マリー嬢が王都に戻ると言っているぞ！」

「ふうん」

「ふうん、ではない。引き留めるんだ！」

「いや、帰れって言ったの、僕だし」

「はあ!?　どうしてそのようなことをしたのだ?」

「だって、相手は公爵令嬢だよ?　どうにかできる相手ではないじゃないか」

「だが、愛しているのだろう?」

「貴族の結婚に、恋だの愛だのと、呑気《のんき》に言っている場合じゃないし」

レナルドとメレディスは恋愛結婚だった。しかしそれは、極めて稀《レア》な例である。

「レナルドみたいに爵位でもあったら、まだマシだっただろうけれどね」

メレディスの実家は資産家で、商売もしている。レナルドとの結婚を機に、アルザスセスのワインや農作物、畜産物の取引をするようになった。おかげで、収益は大きく跳ね上がっている。

「王都でも、アルザスセス産の物が人気らしいじゃないか。これこそ、正当な利害関係ががっちり合った貴族の結婚だろう」

「そうではない!!」

普段は無口で口数も少ないレナルドが大きな声を上げることは、珍しいことだった。リヒカルは瞠目《どうもく》し、レナルドの顔を見上げる。

「結婚で最も大事なことは、愛だ！　確かに、貴族間の結婚は政治的な意味合いが強い。それでも、夫婦となってから愛を築く者もいると聞く。愛情に、遅いも早いもないのだ」

この理論からすると、リヒカルは今すぐにでもマリーを娶《めと》らなければならない。

「でも、レナルド――」

「でもとか、だってとか、私は聞きたくない。求婚していないのに、結婚の許可をもらいに行っていないのに、最初から無理だろうと諦めるのは、カッコ悪いと思う」

「……」

「リヒカル。お前は働き者で、心優しく真面目《まじめ》で、明るくて、自慢の叔父《おじ》だ。だから自信を持て、マリー嬢に結婚を申し込むといい」

「それで結婚できたら、苦労しないんだけれど」

「きっとダメだ、無理だろうという気持ちも理解できる。しかし、だからといって、求婚して断られても、失うものは何もないだろう。まったく足掻《あが》かずに、好きな相手を手放すと、いずれ後悔《こうかい》するぞ！」

「レナルド……」

その言葉は、リヒカルの心に強く響く。

「レナルドの言う通りだ。僕はまだ、何もしていない。だから、素直になってみるよ」

そう言って扉を開くと、ハワードの姿があった。

「あ、あの、リヒカル様。マリーお嬢様が、先ほどお屋敷をお出になりました」

「は？　なんなの、その行動力は？」

マリーと話をしてから、半日と経っていない。メレディスが引き留めていたようだが、限界がきてしまったようだ。

　続いてイワンがやって来て、リヒカルに旅行鞄《かばん》を差し出した。

「何これ？」

「着替えと、王都で必要な物を用意してもらった」

「レナルド、これは？」

「いいから行ってこい、王都に。早く、走って！　マリー嬢に置いて行かれるぞ」

「あ～もう、どうしてこうなったんだよ！」

　リヒカルはイワンから鞄を受け取ると、半ばやけくそ気味に走り出した。

　王都へ向かう馬車の停留所は、ブドウ畑の前にある。そこまで、ウルフスタン伯爵家の屋敷から徒歩二十分くらいか。今さっきマリーが出たというので、走ったら間に合う。

「リヒカル様！」

　玄関を出ようとしたらメレディスが慌てた様子でやって来て、布に包まれた細長い棒を差し出した。

「マリーさんが、お忘れだったようで」

　それは、マリーが何よりも大事にしている水晶杖《クリスタル・ロッド》だ。一番の宝物を忘れるなんて、よほど焦っていたのか。

「リヒカル様、お気をつけて」

「ありがとう。メレディスさんも、レナルドのことを頼む」

「はい」

メレディスに見送られ、レナルドは鞄を右手に、水晶杖を左手に持って全力疾走した。

しばらく走っていると、マリーの後ろ姿を発見する。

「マリー・アシュレー・ウィルリントン！　止まれ！」

その叫びはマリーに届く。が、振り返った途端、声をかけたのがリヒカルだとわかると、逃げるように走り出してしまった。

「逃がすか！」

杖《つえ》と鞄を持っていたが、相手は貴族の令嬢だ。負けるわけはない。残った体力を振り絞《しぼ》り、全力で駆けた。その結果、マリーと距離を縮め、追いつくことに成功した。

その場はちょうどブドウ畑にある馬車の停留所だった。鞄と杖を置き、マリーの手を摑《つか》む。

「い、今更引き留めても、無駄よ！」

「引き留めるものか！」

「だったら、何をしに来たのよ？」

「一緒に王都に行くんだ」

「え？」

じっとマリーを見つめる。

マリーは翠玉《エメラルド》の瞳を丸くしながら、リヒカルを凝視していた。

リヒカルはマリーの手を握ったまま、想いを伝える。

「マリー、君のことが大好きなんだ。僕の、花嫁になってくれ！」

そう告げた刹那《せつな》、マリーは鞄を手から落としポロポロと泣きだす。

「な、なんで？　さっきは、家に戻れって、言ったのに……」

「結婚を、反対されると思ったんだ」

「そんなわけないわ。だって、私は勘当《かんどう》された身、ですもの」

「ウィルリントン公爵が、本当に勘当するわけないじゃないか。それに、レナルドに言われたんだ。行動を起こす前に諦めるなって」

幸せは、自分の手で摑みに行かなければならない。だから、リヒカルはマリーを追いかけた。

「もう一度言う。僕と、結婚してくれ」

「わ、私で、いいの？」

「君しかいない」

「嬉しい」

マリーはリヒカルに抱きつき、リヒカルもマリーを抱き返した。

やっと想いが通じ合った。これ以上、嬉しいことも幸せなこともない。

「王都で、君の父上に許可をもらおう。反対されるかもしれないけれど、絶対に諦めないから」

「ありがとう……！　本当に、ありがとう」

リヒカルとマリーは馬車に乗り、王都を目指す。

◇◇◇

リヒカルの求婚を受けたマリーは、幸せいっぱいのようだった。しかし、浮かれている場合ではない。

馬車の中で、リヒカルはマリーにウルフスタン伯爵家の事情を説明する。

「実は、病床のリヒカル・ウルフスタンは存在しない」

「えっ!?」

「常に狼化状態にある僕を隠すための、嘘なんだ。僕は狼精霊ではなく、元より人だ。レナルドの叔父である、リヒカル・ウルフスタンそのものなんだ」

「そ、そうだったの!?」

マリーは青い目を目一杯見開き、リヒカルを見る。

「思っていた以上に驚くね」

「だ、だって、精霊に嫁《とつ》ぐ覚悟をしていたから」

リヒカルが思っていた以上にマリーは真剣に考え、結婚を覚悟していたようだ。

「アルザスセスの地には、そういう伝承もあるし、大丈夫だと思っていたの。本当よ」

「まあ、精霊の血を引いていることは確かだけれど」

「ということは、他の二頭の黒狼《こくろう》は？」

「大きいほうがレナルドで、一回り小さいのがヴィート」

「私ったら、ヴィート様を思いっきり水晶杖《クリスタル・ロッド》で殴《なぐ》ってしまったのね」

「大丈夫。頑丈だけが取り柄の人だから」

　まだ、この辺は受け入れるのに時間がかかりそうだ。少しずつ慣れていこうと、マリーは決意しているように見える。

「でも、よかったわ。一人寂しく病に苦しんでいるリヒカル様は、いなかったのね」

　マリーは胸に手を当て、心から安堵《あんど》しているように見えた。

「でもまさか、リヒカル様が本当のリヒカル様だったなんて」

　リヒカルは魔力値の高さ故、新月以外狼の姿でい続けていたのだ。そこまで、予想できなかったらしい。

「魔力の抑制をしたら、人の姿に戻れると思っていたんだけど、狼の姿の時は魔法の研究なんてどうでもよくなって……」

　その二面性は、狼精霊の血を引くウルフスタン伯爵家の者達に出てしまう。皆、それぞれ違う面を見せるのだ。

「狼姿のレナルドはお喋《しゃべ》りになるし、ヴィートは呆《あき》れるくらいの女好きになる」

「リヒカル様は人の姿の時よりも陽気になると」

「そう。こんな体質を受け入れてもらうなんて、奇跡のようだと思っているよ」

「私も同じことを思っているわ」

リヒカルは、マリーの魔法を認めてくれた。

マリーは、リヒカルのすべてを受け入れてくれた。

互いに、これ以上喜ばしいことはない。

「僕は、君に出逢《であ》えてよかった」

「私も」

両想いとなった二人は手と手を握り合い、二度と離れないことを誓った。


三日後——王都に辿《たど》り着く。リヒカルにとって初めての大都会だ。

どこまでも続く石畳《いしだたみ》に、天まで伸びる時計塔《とけいとう》、巨大な市場。どれも、新鮮なものばかり。

観光で来たわけではないので、どれも気にせず先へと進む。

「さあ、リヒカル様！　お父様に結婚の許可を貰いに行きましょう」

「ちょっと待って。君、勘当されているんだろう？　突然先触れもなく行って、許してもらえると思っているの？」

「そうだったわ。でも、どうすればいいのかしら？」

「まずはマリーのお兄さんに、取り次いでもらえないか？」

「ああ、そうね。騎士隊にいるエリオットお兄様なら、すぐに会えるかもしれないわ」

「行ってみよう」

　騎士隊の詰め所で身分を証明すると、内部の客間まで案内してもらった。

　マリーの兄エリオットを待つ間、どういう人物であるか聞いてみる。

「エリオットお兄様は、静かな人だったわ。私が婚約破棄《はき》された時も、何も言わなかった。もう一人の、アレクサンドルお兄様には怒られたけれど」

「だったら、いいけれど」

　五分後に、エリオットはやって来る。

「エリオットお兄様！」

「マリー、どうしたのか？」

「お願いがあって」

　マリーの兄エリオットは、貴公子然とした美丈夫《びじょうふ》であった。レナルドとは違った方向の、華やかな容姿の青年である。

「どうした？」

「私、彼、リヒカル・ウルフスタン様と結婚しようと思っているのだけれど、お父様に話を通していただけないかと」

「ウルフスタン、だと？」

初めて、エリオットの視線がリヒカルのほうに向いた。ただし、その目には憎しみの視線が滲《にじ》んでいる。

「初めまして、ウィルリントン卿《きょう》。……もしかして、兄ヴィートと知り合いですか？」

「知り合いも何も、あの男のせいで、見習い騎士時代にどれだけ苦労したか！」

やはり、ヴィートとエリオットは知り合いだったようだ。

ヴィートの反応でだいたい予想はついていたが、思っていた以上に険悪な仲だったようである。

なんでも、見習い騎士をしていた当時、ヴィートとエリオットは同室だったらしい。

朝帰りは当たり前。夜勤明けで戻って来たら、女性を連れ込む、勝手に猫を拾って飼い始めるなど、散々なありさまだったようだ。

「たしかに酷《ひど》い……」

同情の余地もなかった。兄ヴィートに代わって、リヒカルが愚かな振る舞いを謝罪する。

「ふん。お前に謝られても、なんとも思わん」

「ごもっともで」

「ヤツには、この恨み、来世まで覚えていると伝えておけ」

「エリオットお兄様……」

エリオットは椅子《いす》に立てかけていた剣を摑《つか》むと、立ち上がる。

「マリー、お前は父上から勘当されていたはずだ。結婚も、勝手にするといい。私も知らん」

「そんな……」

リヒカルはエリオットの行く手を阻《はば》むように立ちふさがる。そして、頭を下げて懇願《こんがん》した。

「僕は、ウィルリントン公爵の許可を得て、マリー嬢と結婚したい。マリー嬢の家族にも、祝福してもらいたいんです。だから、どうか協力をしてくれないでしょうか？」

「リヒカルと言ったか。その考えは……まあ、悪くはない。しかし、残念ながら私は午後から任務なのだ。隣国に行く要人の護衛をしなければならない。帰るのは、二週間後になる」

もとより、助けの手は借りられないようだ。

「アレクサンドル兄上か、リリエールを頼れ」

そう言って、客間から出て行った。

「リヒカル様、ごめんなさい」

「いや、想定内の事態だ。次に行こう」

「アレクサンドルお兄様は、協力してくれないと思うわ。リリエールお姉さまは、王都ではなく地方にいるの」

「大丈夫。次は僕の伝手《つて》を頼ろう」

「お知り合いがいるの？」

「ああ。メレディスさんの実家だ」

メレディスの父親であるラトランド子爵家は、国内有数の資産家で、貴族の間でも一目置かれている。

リヒカルはラトランド子爵と書簡でやりとりしていたのだ。その際、困ったことがあったらなんでも言うようにという言葉を受けていた。

社交辞令だと分かっているものの、今の頼りはラトランド子爵しかいなかった。

馬車でラトランド子爵家まで向かい、面会できないか頼み込む。

メレディスとウルフスタン家の名を出すとあっさり中へ通され、ラトランド子爵と会えることになった。

「いやはや、驚いた。部屋から出られないほど体の具合が悪いと聞いていたが、完治したとは」

「奇跡が起きたのですよ」

「それはよかった。本当に」

メレディスの父であるラトランド子爵はリヒカルの話を信じ、快方に向かったことを喜んでくれた。良心がツキリと痛んだが、真実は話せない。

「それで、用件はなんだろうか？」

「ええ」

顔の広いラトランド子爵ならば、ウィルリントン公爵と面識があるのではないかと期待しての訪問である。

「なるほど。そういうわけか」

「図々《ずうずう》しいお願いだとは、百も承知なのですが」

「いやいや、私達は親戚《しんせき》同士だろう。メレディスもお世話になっているし、これくらいであればお安い御用だよ。すぐにでも、ウィルリントン公爵に早打ちを送ろう」

「ありがとうございます！」

こうして、リヒカルとマリーは、ウィルリントン公爵と面会する約束を取り付けた。

◇◇◇

ウィルリントン公爵家に向かう前に、ラトランド子爵家で身支度《みじたく》を整える。

イワンが用意してくれた鞄《かばん》の中には、しっかり礼装が入っていた。相変わらず、できる奴だ。

マリーもドレス姿で現れる。化粧《けしょう》や髪型はラトランド子爵家の侍女《じじょ》が整えてくれたようだ。

手には、水晶杖《クリスタル・ロッド》を持っている。

「それ、持って行くんだ」

「もちろんよ。戦いですもの。反対されたら、実力を示さなければならないわ」

その物言いに、リヒカルは笑ってしまう。

「私は真剣なのよ」

「いいね、頼もしいよ」

マリーの横顔は、戦場へ挑む兵士のように勇ましかった。


ようやく、ウィルリントン公爵家に辿《たど》り着く。マリーは実家をキッと睨《にら》み上げていた。

メレディスの実家は立派なものだったが、マリーの実家はそれ以上だ。

高級住宅街の一等地に、堂々とそびえ建っている。

使用人達は、帰ってきたマリーを見ても顔色一つ変えない。これが、使用人の正しい姿なのだろう。

「私は、アルザスセスのジーン一家のほうが好きだわ」

「まあ、いろいろだよね」

客間に通され、ウィルリントン公爵を待つ。

「マリー。ウィルリントン公爵に会う前に、一応聞いておくけれど」

「何？」

「もしも反対されたら、具体的にどうするつもりなの？」

「戦いを挑むわ。貴族の古典的な、手袋投げから始まる勝負をするわよ」

「それ、娘から父親に挑むとか、聞いたことないんだけれど」

「だったら、この私が一例目になるかもしれないわね」

なるべく、穏便に済ませたい。もしもの時は、マリーを担《かつ》いで逃げよう。

リヒカルは心の中で決意を固める。

そして――ウィルリントン公爵はやって来た。

細身の長身で、目じりや口元には深い皺《しわ》が刻まれている。若いころはさぞかし綺麗《きれい》な顔をしていたのだと思わせる、渋い容貌《ようぼう》であった。

「お父様！」

「挨拶《あいさつ》はよい。二人共座れ」

ウィルリントン公爵はマリーの持つ水晶杖《クリスタル・ロッド》に気づくと、眉間《みけん》に皺を寄せて深いため息をついている。

魔法趣味が原因で婚約破棄されたというので、魔法は頭痛の種なのかもしれない。

ここで、意外な事実が明らかとなった。

「最初に言っておく。アークロード殿下にお前の魔法のことについて話をしたのは、私だ」

「え……お父様が、どうして？」

「双方の反応を、知りたかったのだ」

もしも、アークロードが魔法に理解を示してくれたら、マリーにとって幸せな結婚となるだろう。

しかし、反対するならば、不幸な結婚になってしまう。

マリーはマリーで、本当に魔法を捨てる覚悟があるならば、王族の一員としての役目をまっとうできるだろう。

できないのならば、不幸になる。

「アークロード殿下は魔法に不快感を表し、お前は魔法を捨てきらなかった。この結婚は、破棄されるべくしてあったのだ」

ウィルリントン公爵は娘を想い、行動を起こしていたようだ。

「そう、だったのね」

「苦渋《くじゅう》の判断だったぞ」

「お父様……」

その後も、ウィルリントン公爵はマリーを見捨てたわけではなかった。

「私も、アルザスセスの地に懸《か》けてみたくなったのだ。だから、お前を向かわせたのだ」

それは、社交界の好奇の目から守るためであり、花婿探しでもあった。

結婚の条件は、マリーを愛すること。それから、魔法に理解を示すこと。

すべてはマリーの幸せな結婚のためだった。

ウィルリントン公爵はメレディスの父親から、アルザスセスの地で結婚した娘の話を聞いていたようだ。

「アルザスセスに住む者ならば、魔法に理解を示す者も現れるはずだと」

その期待に、リヒカルが応えてくれた。水晶杖《クリスタル・ロッド》を持って現れたマリーを見て、深く安堵《あんど》したようだ。

「もしかして、さっきのため息は呆《あき》れているのではなく、喜んでいたの？」

「そう、見えなかったのか？」

「見えなかったわ。でも待って、安堵していたということは？」

「結婚を認めるということだ」

ウィルリントン公爵は、マリーとリヒカルの結婚を認めた。なんでも、元よりリヒカルとの見合いのつもりでマリーをアルザスセスの地に送り込んだらしい。

ウィルリントン公爵はレナルドと密な連絡を取り合い、情報の提供が行われていたようだ。

「よって、リヒカル・ウルフスタン。お主についても、よく知っている」

「光栄の至りです」

「娘を、頼んだぞ」

「もちろん、そのつもりです」

見合いについてレナルドが言わなかったのは、意識させないためだろう。

その上、リヒカルの覚悟を試すためでもあったのかもしれない。

ウィルリントン公爵がマリーに言わなかったのも、似たような理由からだろう。

「お父様、ありがとう。……もう、嬉しくって、信じられないわ！」

「嘘を言うものか」

「ええ、そうよね……」

「マリーよ、幸せに暮らせ。だが、魔法に没頭しすぎず、きちんと夫となる者を助けるのだぞ」

「はい！」

こうして、結婚を認められた二人は、アルザスセスの地に戻る。

馬車の中で二人きりになった瞬間、リヒカルはマリーを引き寄せた。

「きゃっ！　な、何を……」

「ずっとマリーに触れたかったんだ」

父親の目がある手前、マリーと過ごす時間はなかったのだ。

「こういうことは、結婚したあとにするのではなくて？」

「でも、我慢できない」

耳元で甘く囁《ささや》くと、マリーは大人しくなる。

まずは額に、次はこめかみにキスをした。

だんだんと、位置を下げていく。

キスの回数が増えるたびに、マリーの頬《ほお》は赤く染まっていく。それは、熟した果実のようにみずみずしい。

　マリーの熱いため息が、リヒカルの行為を加速させるのだ。

　頬から口の端、そして最後に唇に軽く触れた瞬間、リヒカルの体に変化が起こる。

「うっ……！」

「リヒカル様、どうかしたの？」

　この感覚には、覚えがあった。

「な、なんで……!?」

　全身が痛みだし、耐えきれずに膝をつく。

「うう、ううう！」

「ま、まさか、狼化？」

　そのまさかだ。なんて、言い返す余裕はない。

　せっかく、マリーと二人きりになれたのに、こんなことになるなんて。

「まったく、ツイていないっ!!」

　リヒカルは思わず叫んでしまう。

　成長痛のような痛みに、じっと耐える。これだけは、何回経験しても慣れることはない。

　そして、リヒカルは灰色の毛並みをした、愛らしい狼の姿になってしまう。

「リヒカル様……」

顔面蒼白となったマリーを、リヒカルは見上げる。

尻尾《しっぽ》が自然と揺れた。楽しげな気分にもなる。

『あ〜でも、なんか幸せかも！』

狼姿のリヒカルは、極めて前向きだった。

『だって、これからず〜っとマリーと一緒だからね。僕ってばやっぱりツイてる！』

「ええ、そうね」

リヒカルは座席に飛び乗り、マリーの膝に顎《あご》を載せる。さすれば、マリーはリヒカルの頭を優しく撫《な》でてくれた。

満たされたひと時を、リヒカルは堪能《たんのう》する。


このような幸せは、これから先も続くだろう。ずっと、ずっと、いつまでも。

あとがき

こんにちは、江本《えもと》マシメサです。

この度《たび》、『魔法令嬢ともふもふの美少年』をお手に取ってくださり、誠にありがとうございました。

こちらは、前作『薬草令嬢ともふもふの旦那様』と世界観を共にした作品となっております。続きものではありませんので、前作を読んでいなくともお楽しみいただけるかなと。

薬草令嬢は月夜の晩に狼の姿になる青年レナルドが、好きになった女の子に自分の正体が明かせず右往左往《うおうさおう》する物語でした。

今作、魔法令嬢はレナルドの叔父《おじ》であり、新月の晩以外狼の姿であるリヒカルが、ヒロインと出会って前向きになっていくという物語になっております。

執筆しようと思ったきっかけは、薬草令嬢発売後に「リヒカルが気になる」というご感想をいくつかいただいたからでした。

新月の晩しか人の姿になれない男のヒロインとなると、相当バイタリティーのある女の子でないといけません。

そこで誕生したのが、マリーでした。彼女は薬草令嬢の序盤にも、ちょこっとだけでています。探していただけたら嬉しいです。


今回も、カスカベアキラ先生にイラストを担当していただき、素敵に仕上げていただいております。前作に引き続き、お忙しい中お引き受けいただきありがとうございました。

そして、コバルト文庫編集部様、担当編集様、今回も大変お世話になりました。おかげさまで、素晴らしい一冊となっております。次回作も、ぜひともお願いいたします。


『魔法令嬢ともふもふの美少年』をお手に取ってくださった読者様。

最後まで読んでくださり、ありがとうございました。お楽しみいただけましたでしょうか?

少しでも、楽しい時間をご提供できたのならば、これ以上嬉しいことはありません。

また、どこかでご縁がありましたら、嬉しく思います。

本当に、ありがとうございました。

江本マシメサ

※この作品はフィクションです。実在の人物・団体・事件などにはいっさい関係ありません。

えもと・ましめさ

長崎県出身。少女小説を読んで育ったライトノベル作家。『北欧貴族と猛禽妻の雪国狩り暮らし』シリーズ（宝島社）、『浅草和裁工房　花色衣』（小学館文庫）、『令嬢エリザベスの華麗なる身代わり生活』シリーズ（ビーズログ文庫）など、著書多数。

魔法令嬢ともふもふの美少年

COBALT-SERIES

2018年12月10日　第1刷発行

★定価はカバーに表示してあります

著　者　江本マシメサ

発行者　北畠輝幸

発行所　株式会社　集英社

〒101－8050

東京都千代田区一ツ橋2—5—10

電話　【編集部】03-3230-6268

【読者係】03-3230-6080

【販売部】03-3230-6393（書店専用）

印刷所　図書印刷株式会社

ISBN978-4-08-608084-2 C0193

訳アリ紳士と令嬢の
両片想いロマンス♥
ド田舎領地、照れ屋、月夜に狼に
変身するという結婚に不利な条件を
抱えるレナルドは、狼を恐れない
少女メレディスと出会い、天真爛漫で
純真な性格に心惹かれて…。
薬草令嬢ともふもふの旦那様
江本マシメサ
イラスト／カスカベアキラ
好評発売中 コバルト文庫
【電子書籍版も配信中　詳しくはこちら→http://ebooks.shueisha.co.jp/cobalt/】